趣味學古文

（增訂版）

馬星原 圖　方舒眉 文

商務印書館

趣味學古文（增訂版）

作　　者：馬星原　方舒眉

責任編輯：鄒淑樺

封面設計：涂　慧

出　　版：商務印書館（香港）有限公司
香港筲箕灣耀興道 3 號東滙廣場 8 樓
hppt://www.commercialpress.com.hk

發　　行：香港聯合書刊物流有限公司
香港新界荃灣德士古道 220–248 號荃灣工業中心 16 樓

印　　刷：中華商務彩色印刷有限公司
香港新界大埔汀麗路 36 號中華商務印刷大廈 14 字樓

版　　次：2021 年 12 月第 2 版第 1 次印刷

ISBN 978 962 07 4626 0
Printed in Hong Kong

目錄

序 一

十二範文，深入淺出

中國典籍浩瀚，書山高巍宏曠，古今作家如林，文章千萬，窮任何人畢生心血時光，亦無法博覽羣籍；然不能因此而置前人心血凝聚之作品於不顧，要在能各因所需，汲取所要以為己用而已。

香港近年中文教學政策因噎廢食，以為艱難地透過對文言經典範文的深入了解認識，甚至記誦背唸學習中文的方法，不合時宜，無補於中文語文教學，因而以即食麵的泛文的粗略閱讀，配以名目諸多的語法、句法的練習去代替一向的範文教學。

這種好像閱讀了很多不同作家的不同作品的方法，毛病是眼底匆匆，心中急忙，關切點都在應付問題上，自然忽略對文章的總體認識的深入了解，重點認識。更何況選用的文章，隨老師個人喜好，標準不一，系統不一，也會造成有所偏頗。導致香港年青人中文水平日益低落，原因不少，但取消範文的學習肯定是主因。

喜見香港的中文教學有「指定文言經典學習教材」的出現，更喜見方舒眉能特為這「十二範文」，以深入淺出的文字析述旨要，標陳學習竅門；加上馬龍活潑靈動的配畫，醒目賞心。

樂於推介本書給年青的同學們！亦欣為之序！

葉玉樹　謹誌

前聖芳濟中學中文科老師及訓導主任

二零一五年四月三日

千年經典，輕鬆演繹

馬龍、舒眉賢伉儷出新書談中國文化，造福莘莘學子，邀請我寫一個序言，當然義不容辭。

認識兩位作者有二十年，早年大家都在媒體服務，偶有一些交流的機會，兩位對專業的熱誠，令我敬佩。馬龍和方舒眉真是天作之合，一位是文壇女將，一位是漫畫雄才，注定要闖一番新的事業。十多年前他們成立了自己的出版社，把精力放在兒童漫畫讀物的推廣上，今天已經碩果纍纍。我最敬佩他們堅持出版正派書刊，與香港其他渲染暴力、色情的庸俗漫畫劃清界線，清者自清，這份執着，非一般人可以做得到，難怪受到家長、教師的歡迎。

兩三年前，我把馬兄多年前送給我的《歷史大冒險》創刊號給兒子看，他立刻愛上了。有一次我跟他說：「想不想見見兩位作者？」他好奇地問：「你竟然認識他們？」那次午飯我們談得很高興，之後還到他們的出版社參觀和購買其他作品，兒子滿載而歸，非常滿足。從此他一直追看《歷史大冒險》和白貓黑貓系列作品，每到週日我們一起到便利店買報紙，也會看看白貓黑貓有沒有新作品。去年馬龍兄嫂與圍棋學院的蕭世傑院長伉儷合作辦夏令營，我們全家都參加，兒子既學漫畫，也習圍棋，難得可以親炙幾位大師的教導。我更感激馬龍伉儷和蕭院長都樂意在我創辦的「灼見名家傳媒」撰稿，分享心得。

2012年香港學制統一為大學四年、中學六年，與多數國家的制度看齊。中學課程因而作出全盤改革，但考試成績出現了一個奇怪現象，不少學生的中文科考得不理想，必修的中文成為「死亡之卷」，不少優秀學生失手在這一科上，無緣晉身大學。因此這兩年不少學校都加強中文特訓，最懂得包裝的補習社也各出奇謀搶客。學生成績不理想，其中一個重要原因是理解古文的能力薄弱，很多教育界人士批評是課程取消了範文所致，不無道理。

教育局備受批評後，去年終於公佈新學制中期檢討的首批建議，決定將十二篇指定文言經典範文重新加入文憑試中國語文科，包括《出師表》、《六國論》、《廉頗藺相如列傳》、唐詩三首及《論語（論仁、論孝、論君子）》、《勸學》、《逍遙遊》等，由 2015/16 學年在中四開始實施，2018 年香港中學文憑考核。考試要求考生熟記精華片段，基本掌握文意及其文學、文化內涵。這些篇章，在我讀書的年代分佈在初、高中到預科的中文和中國文學課程裏，很多都需要背誦，當時在老師的精心教導下，不覺得是苦差，反而能有機會神遊數千年傳統文化，對中國有更深厚的認識。幾年前剛推出的中文新課程漠視這批經典範文，搞另一套新派課程，支離破碎，學生吸收不到中國文化的古典營養，兩三年下來，學子竟然畏懼甚至討厭中文科，有些更寧願放洋留學，避開文憑試。

馬龍、舒眉伉儷應媒體之邀用漫畫的方式表達這十二範文的精髓，讓同學對這些千年古篇章較易親近，引發他們的興趣，甚至會進一步愛上古典文學，就像我的兒子愛上看漫畫學中外歷史，可謂功德無量。建議準備參加文憑試的同學不要把錢花在補習班，而是好好讀兩位有心人這本精心著作，一定獲益匪淺，樂趣無窮。父母也可以陪孩子一起閱讀，重溫當年我們都享受過的古代大文豪經典作品。

文灼非

灼見名家傳媒社長

二零一五年四月

前言

我國文學　瑰麗無比

以前的教育，小學已須讀古文。那時我和我的「同學仔」們分成兩派，一派是怨聲載道；一派是甘之如飴。而我是後者。

小時候不大懂甚麼微言大義，只覺得古文音韻鏗鏘，用詞典雅，背起來也不覺困難。「怨聲載道」的一派當然不認同，只覺得古文讀來詰屈聱牙，用字又冷僻艱深，不知所云！

中學時有幸遇上一位好老師，他就是今次為我寫序，廣受同學愛戴的「葉Sir」。

他教古文時，除了詳細解釋本文之外，更有很多典故趣事穿插其中，他講來又七情上面，手之舞之，足之蹈之，聽他開講，實在興味盎然。

這時的同學就絕對沒有我小學年代分成兩派的煩惱。

到了大學時，因唸新聞系緣故必須常常執筆寫文章，就知道了多讀古文的好處。由是領悟到，若覺得古文枯燥，應不是古文本身，而是教的方法。

適逢教育當局重新推行古文，並特選十二名篇作為「範文」。星原與我皆有感於時下生於多媒體的年青一代皆視古文為畏途，故嘗試以漫畫加導讀形式，讓學子輕鬆學習。

環顧世界，並非每個國家，每個民族都有「古文」可供學習，我國能夠傳承的文學瑰麗無比，而古人智慧亦多有勝於今人者，不好好學習，是莫大的損失。今拋磚引玉，望識者不吝指正。

此外，除了感謝葉玉樹老師，也多謝好友文灼非兄，有他們的兩篇序言，為此書增光不少！

方舒眉

1
國風・關雎

《詩經》是中國第一部詩歌總集，收集了西周初年至春秋中葉的詩歌，共 311 篇，通稱「詩三百」，傳為孔子編訂。全集分《風》、《雅》、《頌》三部分。《風》是各地民歌；《雅》是宮廷樂歌；《頌》是宗廟祭祀的讚美詩。

本篇選自《國風・周南》，是周公旦封地的民歌。《關雎》是《詩經》的第一篇，古人把它放在三百篇之首，可見其重要性。

《關雎》的內容非常簡單，寫一位君子思念自己愛慕的淑女，希望與她成婚。「窈窕」非指身材，乃寫婦女之淑德。首四句，寫君子看到關關鳴叫的雎鳩，聯想到淑女是其理想的配偶。後則各用八句，寫君子求而不得的苦悶，和對淑女的思念追求，讀來真摯動人。

國風・關雎

關關雎鳩，
在河之洲。
窈窕淑女，
君子好逑。

關關叫聲的水鳥，棲息在河中沙洲。

窈窕（美麗）的未嫁少女，正是君子追求的好配偶。

參差荇菜，
左右流之。
窈窕淑女，
寤寐求之。
求之不得，
寤寐思服。
悠哉悠哉，
輾轉反側。

參差的荇菜，左邊右邊撈來撈去。

窈窕淑女，醒來夢中都想着如何追求。
追求不到，醒來夢中都苦苦思念。
漫長的思念讓人睡覺也輾轉反側。

國風・關雎

參差荇菜，
左右采之。
窈窕淑女，
琴瑟友之。
參差荇菜，
左右芼之。
窈窕淑女，
鐘鼓樂之。

參差荇菜，左邊右邊採之，窈窕淑女，我彈奏琴瑟來傳遞我的愛意。

參差荇菜，左邊右邊摘取，窈窕淑女，用鐘鼓禮樂去迎娶。

2
曹劌論戰

《曹劌論戰》一文出自於春秋末期魯國的盲人史學家左丘明的《左傳・莊公十年》。內容講述魯莊公十年，齊國揮軍攻打魯國。

文章首段，曹劌主動求見魯莊公，直接問他憑甚麼跟齊國打仗？透過對話辯論戰爭勝負的條件，最後強調「取信於民」是保家衛國的基礎。

文章中段，講述了曹劌在「長勺之戰」中，如何冷靜地指揮魯軍與敵對陣，終於打敗齊軍取得勝利的過程。

最後一段，是魯莊公向曹劌詢問致勝的原因，因為曹劌當時有一些舉措，是魯莊公大惑不解的。曹劌娓娓道來，說明了雙方交戰時，旺盛的士氣可以以小勝大，而勝利在望時仍需謹慎行事的道理。

曹劌論戰

春，齊師伐我，公將戰。曹劌請見。其鄉人曰：「肉食者謀之，又何間焉？」劌曰：「肉食者鄙，未能遠謀。」

魯莊公十年春，齊國軍隊攻打魯國，魯莊公準備迎戰。
曹劌請求魯莊公接見，他的同鄉對他說：
當權者自會籌謀，你為何參與其間？
當權者淺陋無知，未能深謀遠慮！

乃入見，問：「何以戰？」公曰：「衣食所安，弗敢專也，必以分人。」對曰：「小惠未遍，民弗從也。」公曰：「犧牲玉帛，弗敢加也，必以信。」

於是拜會莊公
閣下憑藉甚麼跟齊國打仗？
若有衣食等物品，我不敢獨享，必分予別人！
這種小恩小惠，且非遍及百姓，他們怎會聽你的？
祭祀鬼神的牲品、玉器和絲織品，我不敢虛報誇大，很有信用的……

對曰：「小信未孚，神弗福也」。公曰：「小大之獄，雖不能察，必以情。」對曰：「忠之屬也，可以一戰。」

小小的信用而已，未能令神靈保佑你的！
大大小小的案件，即使不能件件都一清二楚，但必定合情合理！
這算是為百姓盡心竭力做事……
如此可以跟齊國一戰了！請讓我跟你一起出戰。

戰，則請從，公與之乘。

戰於長勺。公將鼓之，劌曰：「未可。」

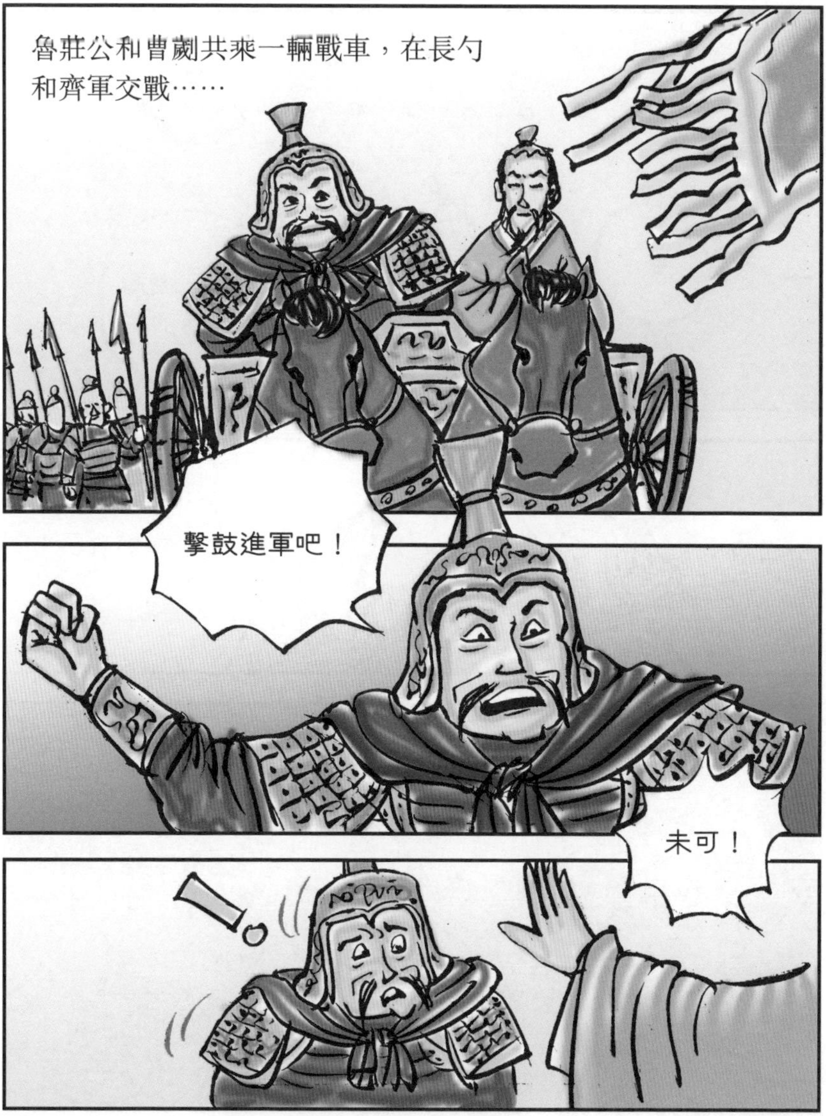
魯莊公和曹劌共乘一輛戰車，在長勺和齊軍交戰……
擊鼓進軍吧！
未可！

齊人三鼓。劌曰：「可矣。」齊師敗績。

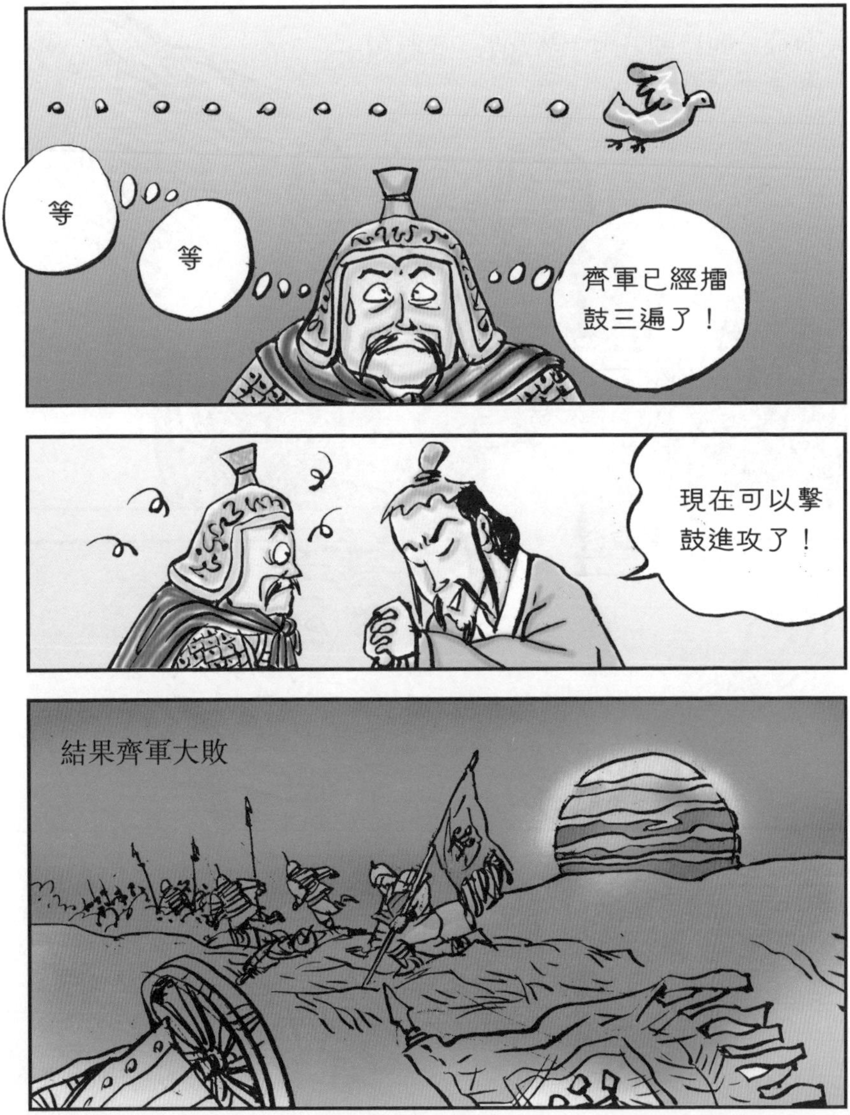
等
等
齊軍已經擂鼓三遍了！
現在可以擊鼓進攻了！
結果齊軍大敗

公將馳之，劌曰：「未可。」下視其轍，登軾而望之，

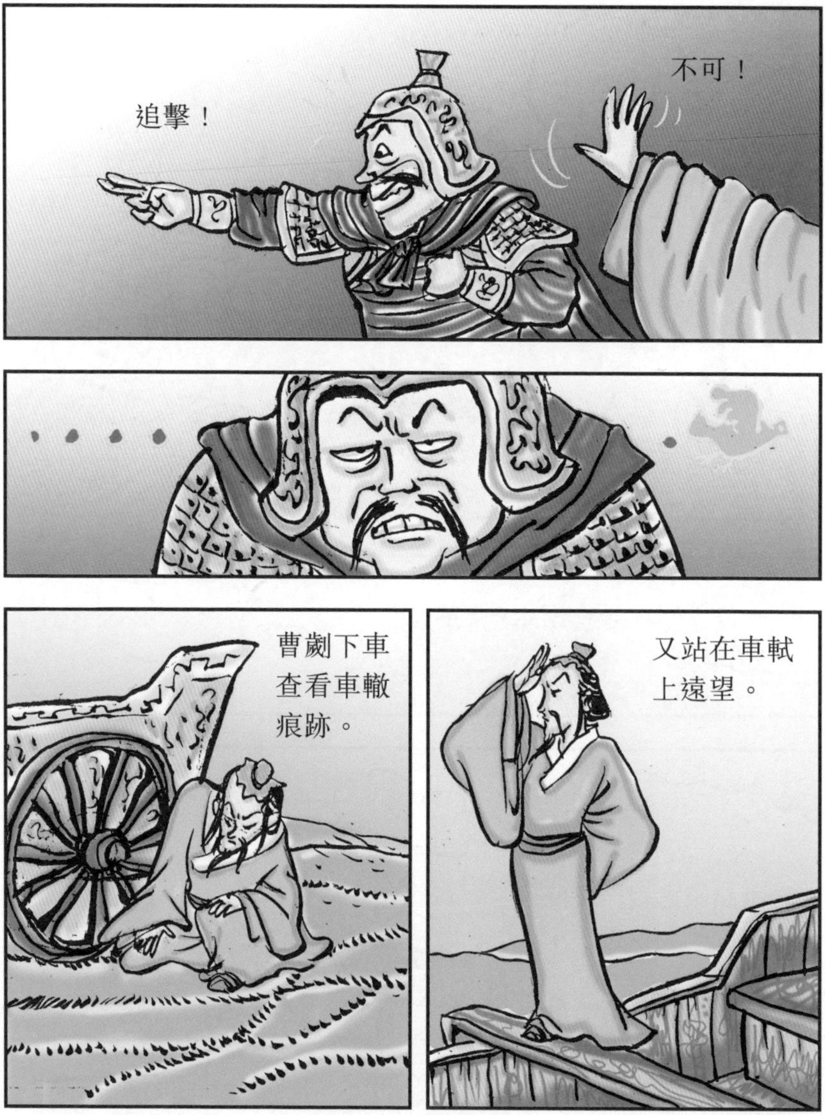
追擊！
不可！
曹劌下車查看車轍痕跡。
又站在車軾上遠望。

曰：「可矣。」遂逐齊師。既克，公問其故。

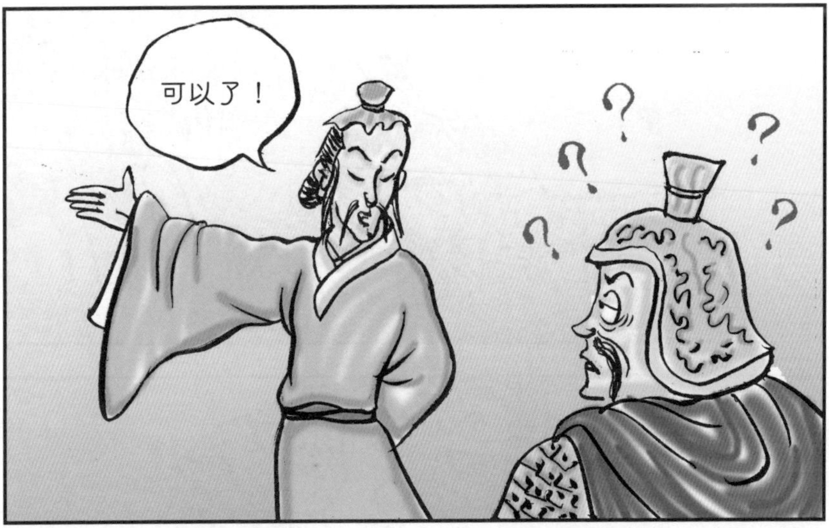
可以了！

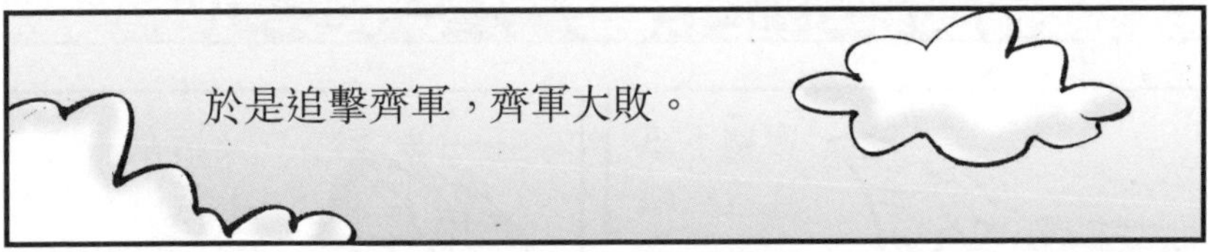
於是追擊齊軍，齊軍大敗。

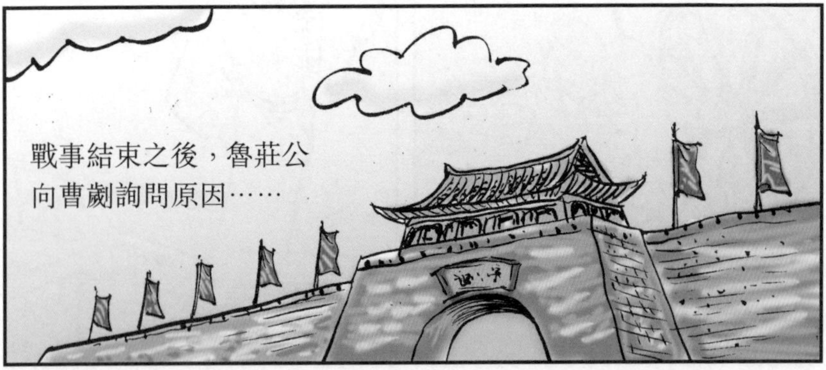
戰事結束之後，魯莊公
向曹劌詢問原因……

對曰：「夫戰，勇氣也。一鼓作氣，再而衰，三而竭。彼竭我盈，故克之。

作戰靠的是勇氣，第一通戰鼓，士兵勇氣正旺也！
第二次擊鼓，就弱了。
第三次擊鼓，就歇盡了！
敵軍勇氣衰竭，而我軍勇氣正旺，故此打敗了他們！

夫大國，難測也，懼有伏焉。吾視其轍亂，望其旗靡，故逐之。」

齊國始終是大國，實在難測，擔心有埋伏……
我檢視他們的車轍混亂，看到他們的軍旗倒了……
所以放心下令追擊！

3
論語（節錄）

論仁

《論語》是一本記錄了孔子講學言行的書。內容包括他的政治見解、哲學思想、教學理念和倫理道德等道理的書。

《論語》共二十篇，本章「論仁」是從「里仁第四」、《顏淵》第十二和《衛靈公》第十五中摘錄出來。

「仁」在孔子學説中，是重中之重。

孔子認為具仁德天性之人，會不計利益而行仁德；但不仁者會為一己之利，而不管所作所為是否背離仁德。除了上述兩者，還有一種智者，他們認識了仁德對自身和社會的好處，故奉行之。這是好的。

孔子從不同的角度探討「仁」，有從「禮」之方向，相信大家都聽過「非禮勿視，非禮勿聽，非禮勿言，非禮勿動」這幾句成語名言了！

另一方面，「殺身成仁」也是「仁」，是維護正義，不惜犧牲性命的崇高境界！

子曰：「不仁者，不可以久處約，不可以長處樂。仁者安仁，知者利仁。」（《里仁》第四）

孔子曰：沒仁德的人，不能久處貧困。
窮得嘡嘡響！
去偷！去搶吧！
也不能久處安樂之中。
再想多些腐敗的玩意出來……
有仁德天性者，因為行仁德而心常安，智者認識到仁的好處，故擇善而行之。

子曰：「富與貴，是人之所欲也；不以其道得之，不處也。貧與賤，是人之所惡也；不以其道得之，不去也。君子去仁，惡乎成名？君子無終食之間違仁，造次必於是，顛沛必於是。」

《里仁》第四）

富與貴，是每個人都希望擁有的……
但要是用不正當的方法才可得到，君子不會接受的。
貧與賤，是每個人都憎厭的，但要是用不正當方法才可擺脱，君子不會去做的。
君子若離開仁德，又如何保有良好的聲名呢？
仁
君子無片刻離開仁，無論多匆忙也不會，生活再困苦也必與仁同在。

論語•論仁

顏淵問仁。子曰：「克己復禮為仁。一日克己復禮，天下歸仁焉。為仁由己，而由人乎哉？」顏淵曰：「請問其目。」子曰：「非禮勿視，非禮勿聽，非禮勿言，非禮勿動。」顏淵曰：「回雖不敏，請事斯語矣。」（《顏淵》第十二）

顏淵向孔子請教「仁」的要義。子曰：
?
約束一己的行為使合乎禮制，這便是仁了。
哪一天你做得到，天下間便會稱讚你是仁者。
實行仁德要靠自己，還可以靠別人嗎？
顏回再問其詳。子曰：
非禮勿視
非禮勿聽
非禮勿言
還有非禮勿動。
弟子雖資質愚魯，但會懂得奉行老師的教誨。

子曰：「志士仁人，無求生以害仁，有殺身以成仁。」(《衛靈公》第十五)

子曰：有崇高意志和具有仁德者，不會為保全自己而損害仁德。

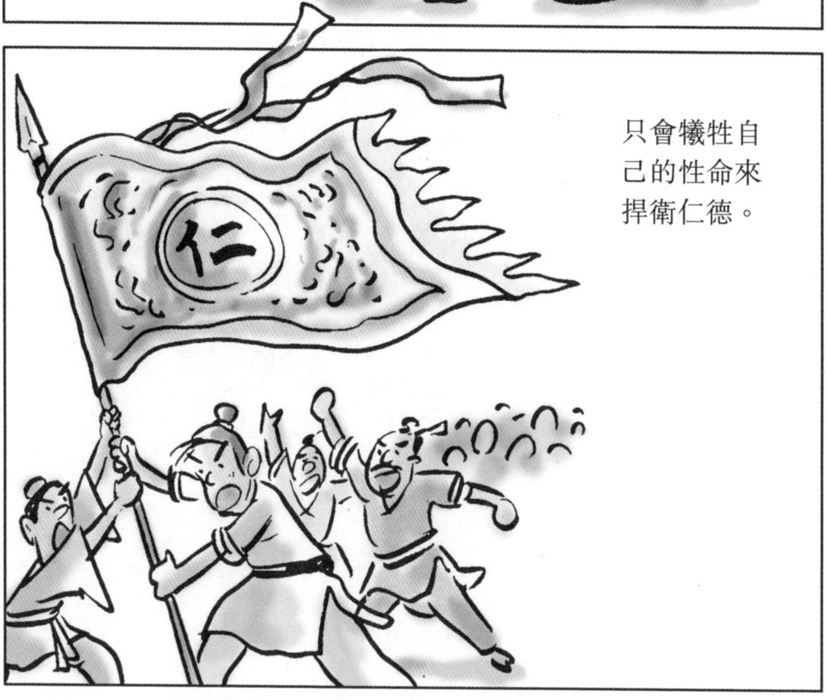
仁
只會犧牲自己的性命來捍衛仁德。

論孝

孔子的學說注重孝道，而孝道是基於「禮」。

注意，古人說禮，並非今人所認知的「禮貌」那麼簡單。禮制是社會穩定的力量。法律所未及的灰色地帶，皆由「禮」作出補充、規範。

孝的主要表現形式，是「無違」於禮。雙親生前事之以禮，離世時葬之以禮，以後的春秋二祭也祭之以禮。

孔子論孝，說得很詳盡。例如以飲食供養父母仍未算孝，蓋因犬馬也養着呀！二者應有分別，這就是「敬」。

尊敬父母是孝道之本。但孔子所主張的「孝」也絕非盲從，若父母有不對的地方，是要勸諫的。至於勸諫的方法是「又敬不違」，「不違」是不停止之意。即既要尊尊敬敬地不逾人子之禮，又要鍥而不捨地勸之諫之。這才算是個真心的孝子。

孟懿子問孝。子曰：
「無違。」
樊遲御，子告之曰：
「孟孫問孝於我，我對
曰，無違。」
樊遲曰：「何謂也？」

孟懿子問孔子
甚麼是孝道……
無違。
樊遲為孔子
駕車，孔子
告之曰：
孟孫問孝於
我，我對曰：
無違。
何謂
也？

子曰：「生事之以禮；死葬之以禮，祭之以禮。」《為政》第二

子曰：父母在生時，事之以禮。
父母去世時，葬之以禮，祭之以禮。
孟孫即孟懿子。他父親着他跟孔子學禮，所以孔子說「無違」即是「無違於禮」。
孔子又恐孟懿子不解細節，故意先告訴樊遲，以便他向孟孫闡釋。

子游問孝。子曰：「今之孝者，是謂能養。至於犬馬，皆能有養；不敬，何以別乎！」（《為政》第二）

子游問孔子
怎樣才算是孝？
今之孝者，以為能養活父母就是孝了……
但我們對於犬馬，不也是養着嗎？
如果供養少了尊敬之心，兩者有何分別呢？

仁》第四) 不可不知也。一則以 不可不知也。一則以 子曰:「父母之丰, 仁》第四) 是 茂 不 從, 又 敬 不身 定 不 從, 又 敬 不

孔子説,侍奉父母, 如發覺他們有不對 的,就得婉言相勸。

即使如此憂 心勞苦,也 絕對不會埋 怨父母。

孔子説:父母的年紀,不可不知。一則以喜,一則以懼。

喜者,父母健在,可以盡 孝;懼者,父母年紀愈來 愈大,若一旦離世,就再 也不能承歡膝下了!

論君子

孔子對「君子」的要求很高，作出不少定義和規範。而相對於君子的，就是「小人」。

這裏有一句「無友不如己者」，其析義比較分歧，有必要說說。

最初而普遍的解釋，是「不要結交不如自己的朋友」。但這裏有個問題，就是誰也交不上朋友了！此句也成為攻擊孔子「勢利」的證據。

於是，有學者考究出第二種說法：「不要認為你的朋友不如你。」

但這說法跟上文下理明顯有點「跑了題」，有點彆扭。

於是就有了第三種比較合理說法：「不要結交與自己志向不相投的人。」

孔子對「君子」的定義，這裏一句，那裏一句，好像不大有一個系統。那是因為他答弟子所問，每每因人而異。如「司馬牛問君子」，孔子答「不憂不懼」，這是特別針對司馬牛而言的。

司馬牛是宋國人，他有一位兄長司馬桓魋，本來得宋景公重用，後來卻圖謀叛亂，失敗後投奔齊國。司馬牛為了此事憂心不已，於是孔子教導他，只要內省自己沒有犯錯，那又何憂何懼之有？

君子本意，是「君之子」。

周朝時，周天下分封諸侯建立邦國，諸侯稱「國君」，國君的兒子就是君之子，即「君子」。

漸漸，不單國君兒子才叫君子，凡貴族男子皆可稱君子。

再後來，有官職的士大夫也加入「君子」之列。

到了春秋戰國，孔子再為「君子」定義，君子不再由血統或官職所壟斷，而是對人格、道德的要求。具備「仁、義、禮」的人方可稱為君子。

「君子」的定義，由遠古只是「君之子」，一路發展下來，範圍愈來愈寬。

到了近代，為人只須正直，即可得享「正人君子」之稱謂！

又如在競賽中，老老實實的依足規矩，不出「茅招」，亦算是君子了。

這古今不同，除了觀念，還有文字。例如這篇「孫以出之」，初讀之時往往一頭霧水，搞清楚後方一拍腦袋，「原來如此」！

「君子」的相對就是「小人」。孔子講話喜歡對比，所以「小人」在論語中也佔有不少篇幅。

這篇說的君子與小人之別，是君子不求人，而小人求諸人。有謂「人到無求品自高」，人若有所求，不論名也利也權也位也，卑躬屈膝，甚至背離德行也常見，品位何止不高，簡直就成了「小人」。

有謂孔子要求未免太高，現代生活環環相扣，哪能「不求人」呢？

那麼只能緊守做人的道德宗旨，不仁不義不禮不孝的，千萬謝絕就是了。

子曰：「君子不重則不威；學則不固，主忠信。

子曰：君子不重則不威；學則不固。
我有夠「重」，所以很威，學業很堅固。
君子不重則不威的意思是：君子態度不莊重就沒有威儀。
所學便不會堅固。
主忠信
做人處事以忠信為本。

無友不如己者。過則勿憚改。」《學而》第一）

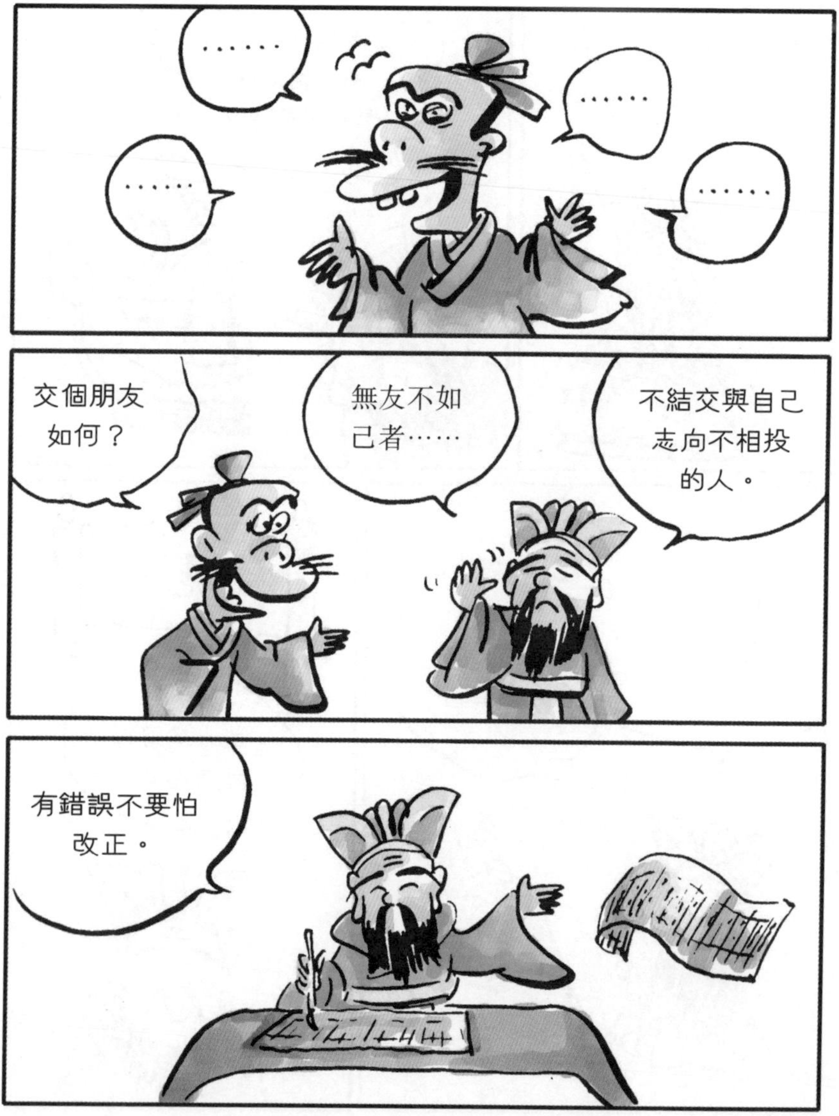
……
……
……
……
交個朋友如何？
無友不如己者……
不結交與自己志向不相投的人。
有錯誤不要怕改正。

子曰：「君子坦蕩蕩，小人長戚戚。」（《述而》第七）

子口：君子坦蕩蕩，小人長戚戚。
何事臉孔皺成一團，心緒不寧的？
唉，很擔心官位不保，又擔心別人謀算我的財富……
你身家地位跟我差不多……
為甚麼你沒有感到煩惱？
我在意的是個人品德，只須做好君子本分，名利得失不重要，所以心中不會患得患失。

司馬牛問君子。子曰：「君子不憂不懼。」曰：「不憂不懼，斯謂之君子矣乎？」子曰：「內省不疚，夫何憂何懼？」(《顏淵》第十二)

司馬牛問君子。
子曰：
君子不憂不懼。
不憂不懼就是君子了？這麼簡單！
內省不疚，問心無愧，那還有甚麼憂心和恐懼呢?!

子曰：「君子成人之美，不成人之惡。小人反是。」（《顏淵》第十二）

子曰：君子成人之美，不成人之惡。小人反是。
借長梯一用，請老兄「成人之美」！
借長梯來做甚麼呢？
去偷摘隔壁的果子！
梯子還我！我不要「成人之惡」！

子曰：「君子恥其言而過其行。」《憲問》第十四）

子曰：君子恥其言
而過其行。
吹牛
你的鴻圖大
計很厲害，
何時實行？
等一等，
我又孕育了一
個更大的鴻圖，
需要思考……

子曰：「君子義以為質，禮以行之，

究竟怎樣才算是君子呢？
子曰：君子義以為質，禮以行之……
這個不難，我本質就夠義氣！
而且待人接物也很有禮！
謝謝
接着是：孫以出之？
論語

孫以出之，信以成之。君子哉！」（《衛靈公》第十五）

這個我做不到！
為甚麼？
我仍未有孫子啊！
這「孫」字通「遜」字！
「孫以出之」即以謙遜的態度表達出來！
最後一句是信以成之，君子也！
做人做事有信用，這就是君子了！

子曰：「君子病無能焉，不病人之不己知也。」（《衛靈公》第十五）

君子病無能焉，不病人之不己知也。
明白！
君子只擔心自己沒有能力……
不會擔心別人不賞識自己！
怎麼還沒有人來找我？

論語•論君子

子曰：「君子求諸己，小人求諸人。」（《衛靈公》第十五）

唉，事情搞砸了！
我要好好反省一下！
君子求諸己。
哼！事情搞砸了！
都是因為你們！
小人求諸人！
此外，君子追求的內心世界，可以「求諸己」來完成。
小人追名逐利，一定要逢迎別人，只能「求諸人」了！

4 魚我所欲也

此文出自《孟子•告子上》。《孟子》一書為語錄體，以答問方式來闡明孟子的思想學說。其學説最主要的中心思想是「性善論」。

《魚我所欲也》開首以魚與熊掌不可兼得作引，帶出「生命」與「大義」之間的取捨道理。

孟子認為人性是善良的，就如水往低處流，人皆有惻隱之心、羞惡之心、辭讓之心、是非之心。

若果生存有着更高的理想，懂得辨別「義」和「利」，就明白捨生取義的道理。

孔孟所宣揚的「義」，並非現代狹義所解的「義氣」，而是「道義」和「正義」！

孟子以乞人不受、不吃嗟來之食為例，論證捨生取義應是人皆有之。

不辨禮義而接受萬鍾的俸祿，為了宮室、妻妾等種種利益而背離正義、道義，皆不可取。

在《魚我所欲也》中，孟子闡明了義重於生，義重於利和不義可恥的道理，並重點提出做人不要「失其本心」。

魚我所欲也

孟子曰：「魚，我所欲也，熊掌，亦我所欲也；二者不可得兼，舍魚而取熊掌者也。

魚，我所欲也
熊掌，亦我所欲也
如果二者不可兼得，捨魚而取熊掌者也！

魚我所欲也

生，亦我所欲也，義，亦我所欲也；二者不可得兼，舍生而取義者也。

生
義
生，亦我所欲也，
義，亦我所欲也……
若二者不可得兼……
我會捨生取
義者也!!
生命是要珍
惜的，但還有
比生命更高的
價值存
在……
為了正義，
絕對不會苟
且偷生！

魚我所欲也

生亦我所欲，所欲有甚於生者，故不為苟得也；死亦我所惡，所惡有甚於死者，故患有所不辟也。

我當然厭惡死亡，但有比死亡更令我厭惡的……
!
死神
混帳！有比死亡更令人受不了的嗎？
死神
不義
面對不義的事情，即使遭到災禍也不會躲避！

魚我所欲也

如使人之所欲莫甚於生，則凡可以得生者，何不用也？使人之所惡莫甚於死者，則凡可以辟患者，何不為也？由是則生而有不用也，由是則可以辟患而有不為也。是故，所欲有甚於生者，所惡有甚於死者，非獨賢者有是心也，人皆有之，賢者能勿喪耳。

如果沒有比生命更高層次的道德觀，那麼凡是能夠用來求生的任何手段都可以用上了！
如果所厭惡的沒有超過死亡，那麼凡是能夠用來逃避災禍的壞事，哪一樣不可以幹呢？
不肯為了生存或避禍而不擇手段的，皆因有比生死更高層次的理想也！
此心非賢者獨有，是人皆有之。不過賢者能夠保持不喪失啊！

魚我所欲也

一簞食，一豆羹，得之則生，弗得則死。嘑爾而與之，行道之人弗受；蹴爾而與之，乞人不屑也。

一碗飯
一碗湯
吃了就能活，不吃就餓死。
嗟！來吃！
可是，呼呼喝喝地叫人來吃……
連過路的飢民也不會接受。
吃飯糰吧！
踢着給別人吃，連乞丐也不屑一顧。

萬鍾則不辨禮義而受之，萬鍾於我何加焉？為宮室之美、妻妾之奉、所識窮乏者得我與？

若是見了優厚俸祿就不辨「禮義」地接受了，這有何好處呢？
是為了住宅的華麗？
為了妻妾的侍奉？為了所認識的窮人感激我的恩惠？

魚我所欲也

鄉為身死而不受，今為宮室之美為之；鄉為身死而不受，今為妻妾之奉為之；鄉為身死而不受，今為所識窮乏者得我而為之，

屋契
過去寧死不肯接受的，現在為了華廈而接受了……
為了得享妻妾而接受了……
為了窮人的感激而接受了。

是亦不可以已乎？此之謂失其本心。」

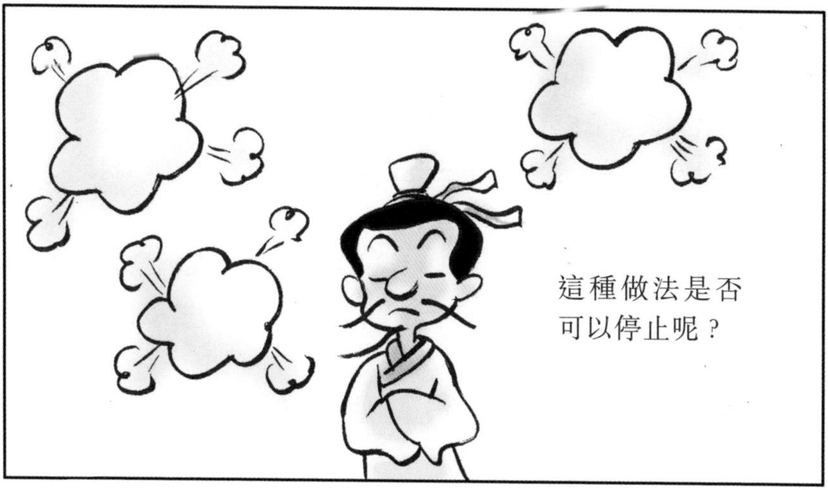
這種做法是否
可以停止呢？

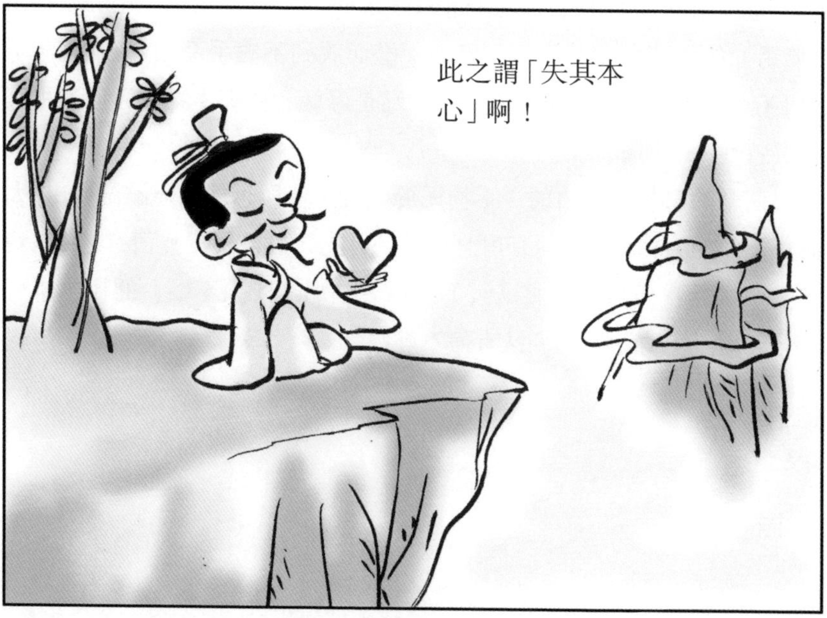
此之謂「失其本
心」啊！

5
逍遙遊（節錄）

莊子，姓莊名周，戰國時代人。他是著名的道家思想哲學家，老子的繼承者，人稱「老莊之道」，其關係之密切，猶如孔子和孟子。

《逍遙遊》是莊子哲學著作三十三篇的第一篇，其想像奇特，自由奔放，無拘無束。

惠子（姓惠名施）和莊子的關係很有趣，既是好友也經常互相「抬槓」，莊子看不慣惠子在官場鑽營，惠子也對莊子的逍遙哲學不以為然。

莊子很多時都把惠子抬出來，藉他跟自己辯論一番，但多為寓言性質，並不真正反映惠施的思想。

惠施借「大而無用」之物事來暗諷莊子，而莊子一一化解，指出「無用」的大葫蘆，其實可作腰舟，進而說到不龜手藥的「妙用」，引申「有用」和「多用」並非絕對，要點是怎樣看待那事物，善於運用其特質特性。

莊子的思想是自由的，不拘泥於成見。他與惠施的辯論，指出「大而無用」的大樗樹其實「有用」得很！首先，可以種於無何有之鄉（精神上的境界）而逍遙乎寢臥其下；再者，那「匠人不顧」的樹木，可「不夭斤斧，物無害者」，又有何不好呢？

惠子謂莊子曰：「魏王貽我大瓠之種，我樹之成而實五石。以盛水漿，其堅不能自舉也。

莊子與惠子是好朋友，喜歡在樹下辯論。這一次，惠子對莊子說：
魏王曾送我一些大葫蘆的種子……
有收成了，大葫蘆有五石之巨！
用它盛水，一提起就裂開，單薄之極！

剖之以為瓢，則瓠落無所容。非不呺然大也，吾為其無用而掊之。」莊子曰：「夫子固拙於用大矣！

於是我把它剖開做水瓢。
卻大得無處可容！
「大而無當」的東西，我乾脆把它毀了！
閣下實在不善於使用大的東西啊！

宋人有善為不龜手之藥者，世世以洴澼絖為事。客聞之，請買其方百金。聚族而謀曰：『我世世為洴澼絖，不過數金；今一朝而鬻技百金，請與之。』

話説宋國有人善於製造一種藥……
他的家族世世代代都以漂染業為生，而此藥方塗在手上可防止皮膚龜裂……
有人願意出百金買下這個藥方。
我們世代漂洗絲絮，所得不過數金……
現在一下子就可得到百金，就賣給他吧！

客得之，以說吳王。越有難，吳王使之將，冬與越人水戰，大敗越人，裂地而封之。能不龜手一也；或以封，或不免於洴澼絖，則所用之異也。

此人得到藥方後，就獻給吳王。
好了！我正要用得着！
吳王封他為官，於冬日與越軍水戰。
越軍沒有那種藥，手都龜裂了，大敗。吳王大大賞賜了獻藥者。
同一藥方，使用不同便有不同的回報。

今子有五石之瓠，何不慮以為大樽而浮於江湖，而憂其瓠落無所容，則夫子猶有蓬之心也夫！」

你有這些大葫蘆卻不懂得利用！
把它製成「腰舟」浮游於江湖，太棒了！

並非那大葫蘆沒用，而是閣下的心茅塞不通啊！

你別得意我再舉一個大而無當的例子……

惠子謂莊子曰：「吾有大樹，人謂之樗；其大本擁腫而不中繩墨，其小枝卷曲而不中規矩。立之塗，匠者不顧。今子之言，大而無用，眾所同去也。」

小枝扭曲而不合規矩……
我有一棵大樹，它的樹幹臃腫，沒一處是直的。
立在路上，木匠都不屑一顧！
就像現在你的言論，大而無用，所有人都會鄙棄呢！

莊子曰：「子獨不見狸狌乎？卑身而伏，以候敖者；東西跳梁，不辟高下，中於機辟，死於罔罟。今夫斄牛，其大若垂天之雲；此能為大矣，而不能執鼠。今子有大樹，患其無用，

你沒見過野貓和黃鼠狼嗎？
牠蹲身下伏，等待路過的獵物……
牠上竄下跳不避高低，最終跌入機關，死於網羅裏。
再看牦牛，牠身大如天邊的雲，卻不能捉老鼠。

何不樹之於無何有之鄉，廣莫之野，彷徨乎無為其側，逍遙乎寢臥其下；不夭斤斧，物無害者。無所可用，安所困苦哉？」

你何不把那「無用」的大樹，種在無何有之鄉。
廣漠曠野，徘徊自得在樹邊，優遊自在臥於樹下。
大樹雖是「無所可用」，但不會有人砍它，還有啥可擔心？
???

6
勸學（節錄）

荀子（戰國末年人，生卒年不詳）。他是孔孟之後的儒學思想家。

他和孟子雖同宗儒家，但觀點迴異，孟子主張「性善」，即所有人的本質都是好的，只須導引出其善的「本心」就成；而荀子主張「性惡」，認為必須通過學習除掉惡性，培養向善之心。

《勸學》是《荀子》十二篇文章的開篇之作，原文頗長，有不同的節錄故事，此乃其中一種。

荀子之學，強調教化，即外在之學習。荀子此《勸學》篇，即本此意。

《說文》:「勸，勉也。」勸學者，勉學也。

荀子勉勵學子，須不斷吸收知識，就好像木受繩（以墨斗之繩在木口彈出直線，依線而鋸）則直，金就礪（磨刀石）則利。

博學而又勤於反省，則智慧清明，不會行差踏錯了！

荀子身處百家爭鳴年代，當時諸子文章善用比喻，將抽象之理，用較具象的類比道來，以增其趣味。如以下的「順風而呼」，聲不必大而可遠傳；懂得「假（借助）舟楫」又何須善泳？「假（借助）輿馬」當然比自己的兩足跑得快！

之前的比喻，集中論述方法正確就事半功倍。如「君子」與常人無有不同，只是善於借助外物，即持續「讀書學習」以增進自己的學問。

而接着的，就是「積少成多」的比喻：雖是小步，但累積起來就可行走千里；涓涓小流，匯合就成了江海。

導言

古人文章，很多時重「對偶」之運用，如「木受繩則直，金就礪則利。」又如「登高而招」對「順風而呼」。

而我們耳熟能詳的成語，如「青出於藍」、「冰寒於水」、「鍥而不捨」皆出自此名篇。

勸學

君子曰：學不可以已。青，取之於藍，而青於藍；冰，水為之，而寒於水。

君子說：學
習是不可以
停止的。

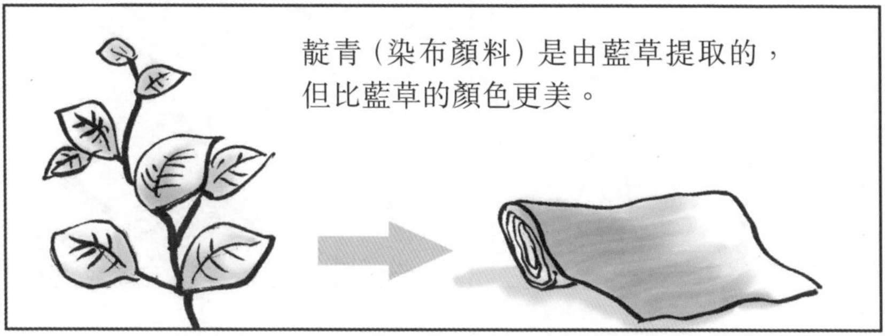
靛青（染布顏料）是由藍草提取的，
但比藍草的顏色更美。

冰是水凝結成的，卻比水還要寒冷。

木直中繩，輮以為輪，其曲中規，雖有槁暴、不復挺者，輮使之然也。

這木材，直得符合「拉墨繩」……
若用「輮」的工藝把它製成車輪，它可以彎得合乎圓規呢！
所謂「輮」，是把木材浸濕後，用火將它烤彎。
一旦製成車輪，即使風吹日曬也不會變回「直」的了。
這是因為經過「輮」之過程也！

故木受繩則直，金就礪則利，君子博學而日參省乎己，則知明而行無過矣。

所以木材用墨線處理後，就能取得直線。
這是古代工匠用來「打墨線」的「墨斗」
金屬刀具在磨刀石上磨過就會鋒利。
君子廣泛地學習並每日反省，那麼他就會智慧清明，行為不會有過失了！

勸學

吾嘗終日而思矣，不如須臾之所學也；吾嘗跂而望矣，不如登高之博見也。登高而招，臂非加長也，而見者遠。

我曾整日思考問題，卻比不上片刻學習所得。
我曾經踮起腳尖遠望……
企着高翹腳跟遠望，不如站在高處看得廣闊。
登到高處招手，手臂並沒有加長，可是遠方的人都會看見。
小心！

順風而呼，聲非加疾也，而聞者彰。假輿馬者，非利足也，而致千里；

順着風向呼叫，不必加大聲音而聽者都聽得很清楚。
順風
逆風
借助車馬的人，不須自己腳走得快也可日行千里。

假舟楫者，非舩水也，而絕江河。君子生非異也，善假於物也。

借助舟船的人，毋須懂得游泳，也可以橫渡江河。
君子跟其他人沒有甚麼不同……
只是善於借助外物罷了！

積土成山，風雨興焉；積水成淵，蛟龍生焉；積善成德，而神明自得，聖心備焉。

積土成了高山，就容易有風雨……
積水成了深淵，就會生出蛟龍。
積累善行而成就高尚品德，自然就會心智澄明……
也就具備聖人的精神境界了！

故不積跬步，無以至千里；不積小流，無以成江海。

故此，若不累積那怕只是一步半步的行程……
也就無法達到千里之遠。
若沒有累積細小的流水……
就無法成為大江大海了！

騏驥一躍，不能十步；駑馬十駕，功在不舍。鍥而舍之，朽木不折；鍥而不舍，金石可鏤。

駿馬一躍，也不及十步之遙，劣馬拉車走上十天，也會走得很遠，成功關鍵在於持續前行。

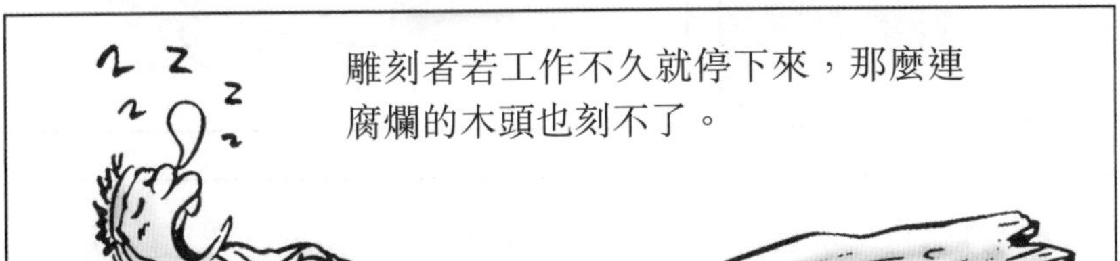
雕刻者若工作不久就停下來，那麼連腐爛的木頭也刻不了。

雕刻者若不停地刻下去，那麼金石也可雕刻成功啊！

用心躁也。 無不牙之利,筋骨 整六跪而二鳌,非蛇 整六跪而二鳌,非蛇 大跪而二鳌,非蛇

蚯蚓沒有尖牙利爪和 強健筋骨,卻能上可 吃到泥土, 下可喝 到土中 泉水。

這裏打個盆,有論者 說螃蟹「六足」是 不對的,應是「八 足」。但世上的確有 六足的螃蟹,荀子老 師沒有錯!

但若沒有蛇洞鱔穴,則無處容

7
大學（節錄）

〈大學〉本為《禮記》第四十二篇，本文只節錄起首一段，明確提出了大學之道，在「明明德、親民、止於至善」三綱領，與「格物、致知、誠意、正心、修身、齊家、治國、平天下」八條目。

儒家學說注重個人品格修為，從而發揚人的光明品德，最終到達至善境界、積極奉獻於國家。文章一層一層反覆推敲，歸根結底也就是要窮究事物本源，方可得到「知至」，而知至必須意誠、心正、修身……最後為社會國家立德立功。

大學之道：在明明德，在親民，在止於至善。知止而後有定，定而后能靜，靜而后能安，安而后能慮，慮而后能得。

大學之道在彰顯光明正大的品德，在於親近、幫助革舊習、棄圖樂，在於使人達到至善的境界。
明確了目標就能夠堅定志向，堅定志向就可以鎮靜不躁，
鎮靜不躁才能夠安心寧神，安心寧神才能夠思慮周詳，思慮周詳才能夠有所得着。

物有本末，事有終始，知所先后，則近道矣。

古之欲明明德於天下者，先治其國；欲治其國者，先齊其家；欲齊其家者，先修其身；

始
萬物皆有主次，凡事必有終始。
古代的人欲彰顯光明正大品德於天下者，先要治理好自己的國家。
欲治好自己國家，先管理好自己的家庭。
欲管好自己家庭，先修養自身的品德。
知道了凡事有先後次序，就接近立身處世之道了。
終

欲修其身者，先正其心；欲正其心者，先誠其意；欲誠其意者，先致其知；致知在格物。物格而后知至，知至而后意誠，

欲修養自身的品德，
先端正心思。

欲端正心思，先要意念真誠；欲使意念真誠，先要獲得知識。

獲得知識的途徑在於研究萬事萬物……
研究事物後才能有知識啊！獲得知識後，意念才會真誠。

意誠而后心正，心正而后身修，身修而後家齊，家齊而后國治，國治而后天下平。

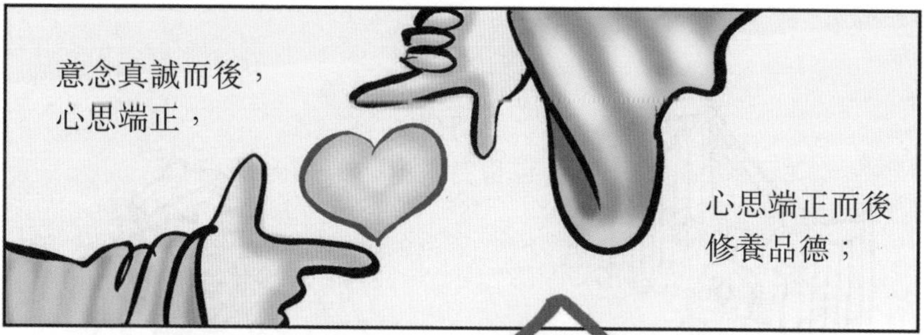
意念真誠而後，
心思端正，
心思端正而後
修養品德；

修養品性而後，才
能夠管好家庭，
家庭管好了
而後，才能
治理好國家。

國治而後
天下平！

自天子以至於庶人，壹是皆以修身為本。其本亂而末治者否矣；其所厚者薄，而其所薄者厚，未之有也。

從帝王到平民百
姓，一切皆以修
養自身為根本。

這個根本如
果亂了
想要齊家治國
是不可能的。

若不分輕重，本末倒置，想有
成就是從來沒有的事！

8
廉頗藺相如列傳（節錄）

此篇出自西漢司馬遷所著《史記》卷八十一。

《史記》是我國第一部紀傳體通史，也是我國第一部傳記文學。

在司馬遷之前，史官主要寫歷史事件，而《史記》則以描寫人物為主，從而開展體現歷史事件。這種寫法比較生動活潑，也具有更高的文學成就。

《廉頗藺相如列傳》顧名思義，是描寫廉頗和藺相如兩人的傳記。而「列傳」的意思是，「其人行跡可序列（在歷史人物中排得上隊），故云列傳」。

《廉頗藺相如列傳》中的主角人物有兩個，在傳記之中，稱為「合傳」。

此傳記開首，即介紹二人。但對於廉頗着墨較多，讓讀者了解廉頗是一名勇猛戰將，因戰功已官拜上卿。

而描寫藺相如則不過寥寥兩三行，只不過宦官頭頭門下一名食客而已！

有此佈局，是因為再下來作者會着力描寫藺相如怎樣智勝秦王，終於拜為上卿，更在廉頗之上，從而説明了智力比勇猛更重要！

列傳故事發生在戰國末年，齊楚燕韓趙魏秦七國之中，當時的秦國國力最強，野心也最大。

秦王提出以十五城交換和氏璧，其實是明擺着的恃強凌弱，拿了璧之後不給你城池，你又能怎麼樣？趙王若斷言拒絕交換，那無疑是送給秦國一個打上門的藉口，也是萬萬不可！

智勇雙全的藺相如接下了這個任務，並誇下豪言壯語:「城不入(秦國若不交出城池)，臣請完璧歸趙。」他出使前，應已想好應對之策。

藺相如捧着和氏璧，正正經經浩浩蕩蕩出使秦國。

可是，「秦王坐章台見相如」。

查「章台」之定義有數個，不贅。此處之章台，是指秦昭王在咸陽所造的一個台。秦王得到和氏璧後，還傳給妃嬪嘻嘻哈哈欣賞，可想而知，章台只是秦王一個吃喝玩樂的所在。

藺相如一看這勢頭，就知秦昭王存心騙取和氏璧，於是使計取回寶玉，並展開之後一連串的智鬥秦王。

藺相如的機智，在於他可以化不利為有利，秦王在章台接見趙國來使，旨在羞辱他一下，而藺相如抓住這於禮不合的一點，要求秦王「齋戒五日，設九賓於廷，臣乃敢上璧。」

此舉一來立即爭取五天時間可供迴旋，二來「設九賓於廷」，即是在朝廷上舉行設有九個迎賓贊禮官員的隆重典禮，亦為趙國掙回了面子。

不過有謀亦要有膽量，相如賭的是秦王投鼠忌器不敢動手。

相如持和氏璧，表示若相逼就「玉石俱焚」! 秦王無奈，「遂許齋五日，舍相如廣成傳」。

這句「舍相如廣成傳」需特別說明。舍，這裏作動詞是留居、安置之意。「廣成」則是該房舍的名稱。傳，傳舍，迎賓館也。

古代戰國時，君主貴族需要人材，於是設舍招待門下食客，而舍分三等，上等曰「代舍」，中等曰「幸舍」，下等曰「傳舍」。

秦王讓相如入住規格最低的「傳舍」，是羞辱之意，其實顯得十分小器。

秦王齋戒五日：設九賓於廷……豈料，相如再擺他一道，將玉璧偷運回國去了！

不過這一趟，相如沒有玉璧在手，也就是說，已沒有要挾秦王之條件。照常理，應該求情免罪，但相如反而對秦王說：「臣請就湯鑊。」

古代的酷刑，真是匪夷所思，「湯鑊之刑」是將犯人投入鑊中活活煮死！

然而，以秦王這樣剛愎的人，通常都是「我為甚麼要聽你的？」故此秦王反而「厚遇之，使歸趙」。

司馬遷寫到這裏，廉頗方出場「有戲」。

不過不出場則已，一出場便盡顯他在趙國的崇高地位。他送趙王至邊境，臨別時對趙王說：「三十日為限，如仍未返回，則立太子為王，以絕秦國扣押人質作要挾的算盤！」趙王許之。

古之君臣，時刻忌諱犯上作亂，能夠對主子說出上述一番話，即表示他甚得國君信任，是一人之下，萬人之上矣！

這裏也暗設伏筆，日後藺相如竟「拜為上卿，位在廉頗之右」，此舉實在令廉頗受不了。

秦王不知有甚麼毛病，就是喜歡羞辱人。

秦國揍了趙國兩頓，然後約趙王會於澠（粵音敏）池。那個酒喝着喝着，秦王酒酣耳熱，請趙王奏瑟，趙王不虞有他。豈料秦國史官立馬記上一筆：「某年月日，秦王與趙王會飲，令趙王鼓瑟。」

藺相如立即回請秦王擊缻（粵音否）以相娛樂。秦王當然不肯，但藺相如終於使他就範，而趙國史官亦得以大筆一揮：「某年月日，秦王為趙王擊缻。」

這段史話，就是有名的「澠池之會」。

藺相如跟強秦針鋒相對，你要我割十五城獻秦王祝壽，我要你的咸陽城為趙王作壽禮！須知咸陽乃秦國之首都，秦王還不氣得七竅生煙？

不過，所有外交背後還是講軍事實力。趙國為了這澠池之會，已佈重兵以待，秦國才不能怎麼樣。

回國後，藺相如封為上卿，位在廉頗之右（古代以右為尊），廉頗生氣了！於是遂有之後的「負荊請罪」故事。

廉頗出身如何，史書未載。但不管他是否望族之後，反正成名已早，功績纍纍，封信平君，朝中大臣「無出其右」。

這趟被藺相如一下子蓋過了，心中當然大大的不高興！於是貶低相如，說他「素賤人，吾不忍為之下。」

藺相如所採取的應對策略，就是避之則吉，一再忍讓。

這態度使他的門客大為不滿，認為追隨錯了一個膽小之輩，於是集體請辭。

藺相如對廉頗採取「惹不起，躲得起」的策略，被門客認為是膽小鬼，恥與為伍。

藺相如向他們澄清，我連秦王也敢惹，而且不止一次！何況廉頗將軍哉！

躲開他的原因，不是怕了他，是為了避免兩虎相鬥，而讓秦國乘虛而入。

藺相如有勇有謀外，更有胸襟。以國家利益為先，個人榮辱放在最後，這樣的人，是非常難得的。

廉頗是個真漢子，負着荊杖上門請罪的情節不必細表，看下面圖文就知道。倒是他所負的「荊」，形狀如何可以一談。

有不少想當然耳的猜想，廉頗是負着一束有刺的荊棘來請罪。這是將「荊」與「棘」混為一談。查荊、棘是兩種植物，但共生一起。荊名牡荊，是沒有刺的。其枝堅勁，可以做杖。古代又稱荊為楚，故以此杖杖責受刑，亦叫「受楚」。以此引申，痛楚、苦楚之意，由此而來。

廉頗藺相如列傳

廉頗者，趙之良將也。趙惠文王十六年，廉頗為趙將伐齊，大破之，取陽晉，拜為上卿，以勇氣聞於諸侯。藺相如者，趙人也，為趙宦者令繆賢舍人。趙惠文王時，得楚和氏璧。秦昭王聞之，使人遺趙王書，願以十五城請易璧。

廉頗，趙國之良將。趙惠文王十六年，廉頗率領趙軍攻打齊國，大破齊軍奪取陽晉。
他被趙王封為上卿（戰國時最高等級官員），以勇猛聞名於諸侯各國。
藺相如，趙國人。是趙國宦官頭頭繆賢的門客。
趙惠文王得到楚國的和氏璧。秦昭王聞之，派人送趙王一封信，願以十五座城池交換。

趙王與大將軍廉頗諸大臣謀：欲予秦，秦城恐不可得，徒見欺；欲勿予，即患秦兵之來。計未定，求人可使報秦者，未得。

趙王與大將軍廉頗和眾大臣商議，若把和氏璧拱手交給秦國，卻擔心收不到那十五座城池，白白受騙。

要是不給，又恐怕秦兵馬上攻打過來。想來想去苦無定案。

欲找一名出使秦國的使者，也定不出人選。
誰能擔此重任呢？

宦者令繆賢曰：「臣舍人藺相如可使。」王問：「何以知之？」對曰：「臣嘗有罪，竊計欲亡走燕，臣舍人相如止臣，曰：『君何以知燕王？』臣語曰：『臣嘗從大王與燕王會境上，燕王私握臣手，曰「願結友。」以此知之，故欲注。』

宦官頭頭繆賢曰：
微臣門客藺相如可以擔此差使！
何以知之？
微臣曾犯了罪，私下打算逃亡到燕國去……
微臣門客相如阻止了我，說：君何以知燕王？
微臣說：我曾跟隨大王到邊境上與燕王會面。燕王私下握着我的手說：願結友！由此結識了他，故打算投奔去。

相如謂臣曰：『夫趙彊而燕弱，而君幸於趙王，故燕王欲結於君。今君乃亡趙走燕，燕畏趙，其勢必不敢留君，而束君歸趙矣。君不如肉袒伏斧質請罪，則幸得脫矣。』臣從其計，大王亦幸赦臣。臣竊以為其人勇士，有智謀，宜可使。」

相如謂臣曰：
趙國強而燕國弱，而你又得趙王重用，故此燕王想結交你……
如今，你從趙國逃亡到燕國去，燕國害怕趙國，勢必不敢收留你，反而會把你綁起來送回趙國！
你不如解衣露體伏在刑具上，請求大王處罰，或許僥倖得到免罪。
微臣照他的方法去做，結果得到大王赦免。
微臣認為相如是個勇士，又有智謀，適宜擔此任務！

於是王召見，問藺相如曰：「秦王以十五城請易寡人之璧，可予不？」相如曰：「秦彊而趙弱，不可不許。」王曰：「取吾璧，不予我城，奈何？」相如曰：「秦以城求璧而趙不許，曲在趙；趙予璧而秦不予趙城，曲在秦。

於是王召見，
問藺相如曰：
秦王打算用
十五座城池
換我的璧，
可否給他？

可是取了我的
璧，卻不給我
城，怎麼辦？
秦強而趙
弱，不能
不答應啊！

趙國給秦玉
璧，而秦國
不給城池，
理虧在秦！
秦王提出以城
換璧，趙國若
不答應，理虧
的是趙國。

均之二策，寧許以負秦曲。」王曰：「誰可使者？」相如曰：「王必無人，臣願奉璧往使。城入趙而璧留秦；城不入，臣請完璧歸趙。」趙王於是遂遣相如奉璧西入秦。

比較這兩種對應，寧可答應秦國要求而讓他負理虧之責。
那麼派誰做使者呢？
大王若無人選，臣願奉璧往使。
城給趙國璧便留下；城池不給，臣請完璧歸趙！
趙王於是遂遣相如奉璧西入秦。

秦王坐章台見相如，相如奉璧奏秦王。秦王大喜，傳以示美人及左右，左右皆呼萬歲。相如視秦王無意償趙城，乃前曰：「璧有瑕，請指示王。」王授璧，相如因持璧，卻立，倚柱，怒髮上衝冠，謂秦王曰：「大王欲得璧，使人發書至趙王，趙王悉召羣臣議，

秦王坐章台見相如，相如奉璧奏秦王，秦王大喜，傳以示美人及左右，左右皆呼萬歲！
相如視秦王無意償趙城，乃前曰：
璧有瑕疵，請讓我指給大王看。
王授璧，相如持璧卻立柱，怒髮上衝冠，謂秦王曰：
大大王欲得此璧，使人薦書至趙王，趙王召集羣臣商議……

皆曰：『秦貪，負其彊，以空言求璧，償城恐不可得』。議不欲予秦璧。臣以為布衣之交尚不相欺，況大國乎！且以一璧之故逆彊秦之驩，不可。於是趙王乃齋戒五日，使臣奉璧，拜送書於庭。何者？嚴大國之威以修敬也。

羣臣都說秦國貪心，恃其強大，想以空話來換取和氏璧……
說好給趙國的城，恐怕不會得到。都認為我不應把玉璧給秦國。
但我認為，平民布衣交往尚且不會互相欺騙，何況是大國之間的交往呢?!且以一璧的緣故而惹得秦國不高興，不應該！
於是趙王乃齋戒五日，使臣奉璧，跪拜致送國書於朝廷。這是為甚麼？
為的是尊重大國的威望而表示誠意也！

今臣至，大王見臣列觀，禮節甚倨；得璧，傳之美人，以戲弄臣。臣觀大王無意償趙王城邑，故臣復取璧。大王必欲急臣，臣頭今與璧俱碎於柱矣！」相如持其璧睨柱，欲以擊柱。

現在我來到秦國，大王在一般的宮殿接見我，禮節十分倨傲。
得到玉璧後，傳給妃嬪玩賞，以此來戲弄我……
我看大王實無意給趙國城邑，故此取回玉璧。
大王若要逼迫我，在下頭顱就與玉璧一起撞碎於柱子上。
相如持其璧睨柱，欲以擊柱。

秦王恐其破璧，乃辭謝固請，召有司案圖，指從此以注十五都予趙。相如度秦王特以詐佯為予趙城，實不可得，乃謂秦王曰：「和氏璧，天下所共傳寶也。趙王恐，不敢不獻。趙王送璧時，齋戒五日，今大王亦宜齋戒五日，設九賓於廷，臣乃敢上璧。」

秦王恐其撞碎和氏璧，於是道歉並堅請他不可如此。
誤會！
並召負責官員察看地圖……
指點這裏那裏的十五座城池給趙國。
藺相如估計秦王仍是假裝給予城池，實在是得不到的。就對秦王說：
和氏璧，天下所共傳寶也……
趙王恐，不敢不獻。趙王送璧時齋戒五日。
今大王亦宜齋戒五日，設九賓於廷，臣乃敢上璧！

秦王度之，終不可彊奪，遂許齋五日，舍相如廣成傳。相如度秦王雖齋，決負約不償城，乃使其從者衣褐，懷其璧，從徑道亡，歸璧於趙。

秦王度之終不可彊(強)奪，遂許齋五日……
好！為王就齋戒五日好了!!
哼!

廣成傳舍
並安排藺相如住在廣成傳(迎賓館)。

相如度秦王雖齋，決負約不償城，乃使侍從喬裝百姓，懷着和氏璧從小道逃走，把寶物送回趙國。

廉頗藺相如列傳

秦王齋五日後，乃設九賓禮於廷，引趙使者藺相如。相如至，謂秦王曰：「秦自繆公以來二十餘君，未嘗有堅明約束者也。臣誠恐見欺於王而負趙，故令人持璧歸，間至趙矣。且秦彊而趙弱，大王遣一介之使至趙，趙立奉璧來；今以秦之彊而先割十五都予趙，趙豈敢留璧而得罪於大王乎？

秦王齋五日後，乃設九賓禮於廷，引趙使者藺相如。
相如至，謂秦王曰：
秦國自秦繆公以來的二十多個國君，不曾有一個堅守信約的！
我誠恐被大王欺騙而對不起趙國，故此已派人持璧歸去，抄小路回到趙國了！
再說秦國強而趙國弱，大王遣一個小小使者到趙國，趙國立即捧璧而來……
現在以秦之強大，即使先割十五座城邑給趙國，趙國又怎敢留着璧而得罪大王呢？

臣知欺大王之罪當誅，臣請就湯鑊。唯大王與羣臣孰計議之！」秦王與羣臣相視而嘻。左右或欲引相如去，秦王因曰：「今殺相如，終不能得璧也，而絕秦趙之驩，

我知欺君之罪，實應處死……
我願受湯鑊之刑，請大王與羣臣考慮考慮吧！
羣臣相視而嘻（氣極下而苦笑）！
左右或欲引相如去……
把他推出去斬了！
秦王因曰：
今殺相如，終究得不到和氏璧，反而絕了秦、趙的友好邦交！

不如因而厚遇之，使
歸趙，趙王豈以一璧
之故欺秦邪！」卒廷
見相如，畢禮而歸之。
相如既歸，趙王以為
賢大夫，使不辱於
諸侯，拜相如為上大
夫。秦亦不以城予
趙，趙亦終不予秦璧。

不如趁此好好招待他，讓他回趙國去。
趙王又豈敢以一璧之故來欺騙我！
終於在朝廷上完成接見趙國使者之禮，送藺相如回趙國去。
藺相如回到趙國，趙王認為他 是個賢能的大夫，出使秦國而沒有在諸侯之間丟臉，於是拜相如為上大夫。
之後，秦國沒有給趙國城池，趙國到底也沒給秦國和氏璧。

其後秦伐趙，拔石城。明年，復攻趙，殺二萬人。

秦王使使者告趙王，欲與王為好會於西河外澠池。趙王畏秦，欲毋行。廉頗、藺相如計曰：「王不行，示趙弱且怯也。」

再後來，秦國攻打趙國，奪取了石城。
秦
翌年再度攻趙，殺了趙國兩萬人。

秦王使使者告趙王，欲與王為好會於西河外澠池。

趙王畏秦，欲毋行。
怕怕，不想去！
廉頗、藺相如計曰：
大王若不去，未免顯得趙國既軟弱又怯懦！

趙王遂行，相如從。廉頗送至境，與王訣曰：「王行，度道里會遇之禮畢，還，不過三十日。三十日不還，則請立太子為王，以絕秦望。」王許之，遂與秦王會澠池。秦王飲酒酣，曰：「寡人竊聞趙王好音，請奏瑟。」

趙王遂行，相如從。廉頗送至境，與王訣曰：
大王此去，按道理計由會面至禮畢回國……
應該不會超過三十天。
三十天不還，則請立太子為王，以絕秦望！
王許之，遂與秦王會澠池。
秦王飲酒酣，曰：
寡人聞趙王雅好音律，請奏瑟一曲！

趙王鼓瑟。秦御史前書曰：「某年月日，秦王與趙王會飲，令趙王鼓瑟。」藺相如前曰：「趙王竊聞秦王善為秦聲，請奏盆缻秦王，以相娛樂。」秦王怒，不許。於是相如前進缻，因跪請秦王。

趙王鼓瑟。秦御史前書曰：「某年月日……」
秦王與趙王會飲，令趙王鼓瑟。
藺相如前曰：
趙王竊聞秦王善為秦聲，請奏盆缻秦王，以相娛樂。
秦王怒，不許。於是相如前進缻，因跪請秦王。

秦王不肯擊缻。相如曰：「五步之內，相如請得以頸血濺大王矣！」左右欲刃相如，相如張目叱之，左右皆靡。於是秦王不懌，為一擊缻。相如顧召趙御史書曰：「某年月日，秦王為趙王擊缻。」

秦王不肯擊缻。
五步之內，相如得以頭血濺大王矣！
左右欲刃相如，相如張目叱之，左右皆靡。
於是秦王很不高興，為趙王敲了一下瓦缻。
相如顧召趙御史書曰：
某年月日，秦王為趙王擊缻。

秦之羣臣曰：「請以趙十五城為秦王壽。」藺相如亦曰：「請以秦之咸陽為趙王壽。」秦王竟酒，終不能加勝於趙。趙亦盛設兵以待秦，秦不敢動。

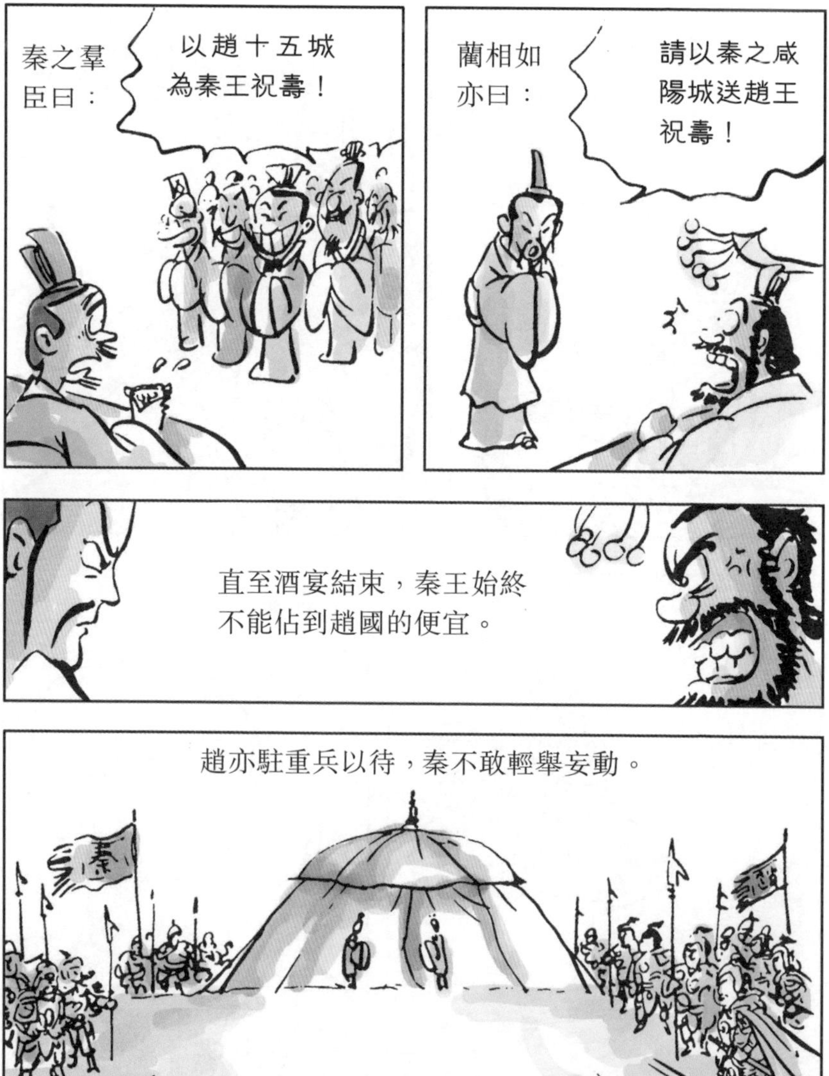
秦之羣臣曰：
以趙十五城為秦王祝壽！
藺相如亦曰：
請以秦之咸陽城送趙王祝壽！
直至酒宴結束，秦王始終不能佔到趙國的便宜。
趙亦駐重兵以待，秦不敢輕舉妄動。
秦
趙

既罷歸國，以相如功大，拜為上卿，位在廉頗之右。廉頗曰：「我為趙將，有攻城野戰之大功，而藺相如徒以口舌為勞，而位居我上，且相如素賤人，吾羞，不忍為之下。」

澠池之會結束後，回到趙國。
以相如功大，拜為上卿。
廉頗曰：
我為趙將，有攻城野戰之大功！
而藺相如徒以口舌為勞，而位居我上！
且相如素賤人，吾羞，不忍為之下！

宣言曰：「我見相如，必辱之。」相如聞，不肯與會。相如每朝時，常稱病，不欲與廉頗爭列。已而相如出，望見廉頗，相如引車避匿。

廉頗揚言：
我見相如，必辱之！
相如聞，不肯與會。相如每朝時，常稱病，不欲與廉頗爭列。
相如又病了麼？
是的。
不久，相如出門，遠遠望見廉頗，就繞道避開他。

於是舍人相與諫曰：「臣所以去親戚而事君者，徒慕君之高義也。今君與廉頗同列，廉君宣惡言而君畏匿之，恐懼殊甚，且庸人尚羞之，況於將相乎！臣等不肖，請辭去。」

於是相如的門客一齊對他說：
臣所以去親戚而事君者，徒慕君之高義也……
今君與廉頗同列，廉頗宣惡言……
而君畏匿之，恐懼殊甚！
連一個平常人也感羞愧，何況你是將相呢？我們實在沒有才能，只好告辭！

藺相如固止之，曰：「公之視廉將軍孰與秦王？」曰：「不若也。」相如曰：「夫以秦王之威，而相如廷叱之，辱其羣臣，相如雖駑，獨畏廉將軍哉？

藺相如堅決挽留他們，說：
你們認為廉將軍跟秦王比，誰更厲害？
廉將軍自然不如秦王。
夫以秦王之威，而相如廷叱之，辱其羣臣……
相如不才，難道偏偏害怕廉將軍嗎？

顧吾念之，彊秦之所以不敢加兵於趙者，徒以吾兩人在也。今兩虎共鬥，其勢不俱生。吾所以為此者，以先國家之急而後私讎也。」

但我考慮到這樣的問題：強大的秦國之所以不敢攻打我們趙國，皆因有我們兩人在！
今兩虎共鬥，
其勢不俱生！
吾所以為此者，以先國家之急而後私讎也。

廉頗聞之，肉袒負荊，因賓客至藺相如門謝罪。

廉頗聞之：
……
哇！藺相如這樣説嗎？

解衣赤背，負着荊杖，由賓客引至藺相如府上謝罪。

曰：「鄙賤之人，不知將軍寬之至此也。」卒相與驩，為刎頸之交。

我這鄙賤之人，
不曉得將軍寬厚
到這個地步啊！
感動……
太好了！
卒相與驩，
為刎頸之交。

9
出師表

《出師表》是三國時諸葛亮領軍出征前，寫給後主劉禪的「公文」。

後來，諸葛亮再次北伐，又寫下另一篇《出師表》呈上劉後主。由於有前後兩篇《出師表》，遂分為《前出師表》和《後出師表》。

若只說《出師表》者，一般指《前出師表》，即本篇。

諸葛亮實在有點擔心，他不在都城坐鎮，少主便會胡來！所以這《出師表》除了分析當下形勢，蜀國不得不北伐的理由外，更對少主指出治國方略：一、廣開言路，納諫如流；二、執法公平，賞罰一致；三、善用人才，各安其位；四、親近賢臣，疏遠小人。

諸葛亮向少主提點「治國之道」，後推薦文武官員輔助安國。雖說是「提點」少主，但行文又要顧上君臣之禮，否則得罪皇上可不是說笑的！

《出師表》行文不亢不卑，中含玄機，非常得體。

諸葛亮這《出師表》中，忽地來一段「臣本布衣，躬耕於南陽……」的自表心跡，好像有點離題，但實有必要。因這《出師表》的最大「任務」，其實是希望這位少主「親賢人而遠小人」，故由布衣平生說到奉命於危難，意在指出家國之得來不易，叮囑不可輕忽朝政。

本文雖以古文寫成，但文字相當淺白，甚少艱深用字，亦不用典故。故此漫畫之「白話解讀」有時乾脆使用原文，亦一清二楚，易讀易懂。

《出師表》集敘事、說理、抒情於一文，而井然有序，結構嚴謹，實古文中之上品佳作。

先帝創業未半，而中道崩殂；今天下三分，益州疲弊，此誠危急存亡之秋也！然侍衛之臣，不懈於內；忠志之士，忘身於外者，蓋追先帝之殊遇，欲報之於陛下也。

先帝復興漢室的事業不到一半就去世了。
先帝之靈

如今天下三分……

而我們蜀國國力困乏衰微，這實在是形勢危急、生死存亡的關鍵時刻啊！幸而，內有朝臣盡忠職守，外有忠誠將士效力邊疆。
蜀

誠宜開張聖聽，以光先帝遺德，恢弘志士之氣；不宜妄自菲薄，引喻失義，以塞忠諫之路也。

這是因為他們追念先帝對其知遇之恩……
欲報答於陛下你啊！

故陛下應廣泛地聽取意見，以弘揚先帝留下來的美德。

弘揚有志者之士氣，不要看輕自己，不要說不合道理的話，以致堵塞忠臣勸諫的管道！

宮中，府中，俱為一體；陟罰臧否，不宜異同。若有作姦犯科，及為忠善者，宜付有司，論其刑賞，以昭陛下平明之治；不宜偏私，使內外異法也。

皇宮裏的人和丞相府裏的人，都是一個整體。
刂與降，賞與罰都要同一標準！

如有作姦犯科的……

忠良好善的……

传中、传郎郭攸之、 传中、传郎郭攸之、 传中、传郎郭攸之、

都交由有關官員,對其 處分或獎賞。

以表明陛下公正、開明和不偏私,使法律內外一致。

侍中郭攸之、 費禕、侍郎董 允等都是誠實 的 忠 臣 ······ 是先帝選拔 留下下的 陛下的

愚見認為,宮中無論大小事情, 跟他們商量後才進行,必可補漏 增益。

將軍向寵，性行淑均，曉暢軍事，試用於昔日，先帝稱之曰「能」，是以眾議舉寵為督。愚以為營中之事，事無大小，悉以咨之，必能使行陣和睦，優劣得所。

將軍向寵，善良公正，
精通軍事……

試用於昔，先帝稱之曰：
能！

所以大家都推舉向寵作都督。愚以為營中之事，若諮詢他的意見，一定能使到軍中和睦，並且知人善任。

親賢臣，遠小人，此先漢所以興隆也；親小人，遠賢臣，此後漢所以傾頹也。先帝在時，每與臣論此事，未嘗不歎息痛恨於桓、靈也！侍中、尚書、長史、參軍，此悉貞良死節之臣，願陛下親之、信之，則漢室之隆，可計日而待也。

親賢人，遠小人，這是先漢興隆的原因。
親小人，遠賢人，此乃後漢之所以衰敗也!
先帝在時，每與臣論此事，未嘗不歎息痛恨桓帝、靈帝的……
侍中、尚書、長史、參軍，都是貞良死節之臣，願陛下親之、信之，則蜀漢興隆指日可待!

出師表

臣本布衣，躬耕於南陽，苟全性命於亂世，不求聞達於諸侯。先帝不以臣卑鄙，猥自枉屈，三顧臣於草廬之中，諮臣以當世之事；由是感激，遂許先帝以驅馳。後值傾覆，受任於敗軍之際，奉命於危難之間，爾來二十有一年矣。

微臣是一介布衣平民，在南陽種田，於亂世中苟存性命，不求在諸侯面前顯揚名聲……
先帝不因我出身低微，竟然委屈自己三顧草廬，商討當世之事。
擺甚麼款？一腳踹開他的狗窩就是了！
草廬
因此我十分感激，遂為先帝奔走效勞。後來先帝戰場失利，我奉命於危難之間，已有二十一年了……
西城

先帝知我謹慎,故臨終交託 重任於我。

受命以來,朝夕擔憂,唯恐有負所託,壞了先帝英名。

所以我在五月渡過瀘水,深入 不毛之地作戰。今南方已平 定,兵甲已充足。當獎率三 軍,北定中原,希望竭盡我平 庸之才,消滅姦邪兇惡的敵 人。復興漢朝,還都洛陽。

此臣所以報先帝而忠陛下之職分也。至於斟酌損益，進盡忠言，則攸之、禕、允之任也。

這就是我報答先帝和盡忠陛下的職責本分。
至於考慮政事和提出忠言的……
就是郭攸之、費禕和董允的責任了！
重任

出師表

願陛下託臣以討賊興復之效；不效，則治臣之罪，以告先帝之靈。若無興德之言，則責攸之、禕、允等之慢，以彰其咎。陛下亦宜自謀，以諮諏善道，察納雅言，深追先帝遺詔。臣不勝受恩感激。今當遠離，臨表涕零，不知所言！

願陛下託臣以討賊興復漢室的責任，若不成功，請治我罪，以告先帝之靈。
如果沒有興發陛下聖德的忠言，那就責罰郭攸之、費禕和董允的怠慢，以彰其咎！
陛下也應當自己思考，徵詢治國之道，採納正確的意見，深切追隨先帝遺命……
臣不勝受恩感激。今當遠離，臨表涕零，不知所言。

10 陳情表

李密這篇《陳情表》，與諸葛亮《出師表》及韓愈的《祭十二郎文》齊名，是史上著名的「用情真摯」之作。三篇鴻文分別在忠君、孝親、慈幼的題目上發揮，然而文貴求真，用情極為深摯。文評家有云：「讀《出師表》不哭者不忠，讀《陳情表》不哭者不孝，讀《祭十二郎文》不哭者不慈。」

《陳情表》是蜀漢遺臣李密上表給晉武帝的公文，內容是因為要照顧年邁祖母，懇求免於出仕為官。

全文共分八段，首段追憶童年窘境，幸得祖母躬親撫養，才得以長大成人。

第二段強調人丁單薄，無親無故，而祖母病重，除了自己親侍湯藥，實在沒有其他援手。

第三段首先頌讚當今皇上之聖朝，接着敍述得蒙賞識，先後接到「出仕」公文。

第四段陳述州官臨門，催促赴任，但祖母卻病情日重，陷於進退兩難之處境。

第五段突顯當朝以孝治天下，而自己「況臣孤苦，特為尤甚」。緊接着是唯恐陛下有所誤會，重點澄清自己得蒙拔擢，真沒世之鴻恩，豈敢故意盤桓，希冀名節！

第六段又回到祖母之病情，強調「母孫二人，更相為命，是以區區不能廢遠」。

第七段以反哺比喻，點出陳情主旨，希望對祖母盡奉養之孝。

最後一段，希望晉帝批准他的請求！若能侍奉祖母安終殘年，立誓生當隕首以效忠，死當結草以報德。這篇情真意切的文章，終於打動了晉武帝，不再逼召他出仕，更賜他奴婢二人，又命郡縣奉其膳食。

陳情表

臣密言：臣以險釁，夙遭閔凶，生孩六月，慈父見背，行年四歲，舅奪母志。祖母劉，愍臣孤弱，躬親撫養。臣少多疾病，九歲不行；零丁孤苦，至于成立。

臣李密言：臣命運不佳，幼逢不幸，生下來只六個月，父親就去世了。

到了四歲，舅父逼迫母親改嫁。祖母劉氏憐惜我孤單弱小，親自加以撫養。

臣自小多病，九歲仍不能走路，孤苦伶仃，直到長大成人。

既無叔伯，終鮮兄弟，門衰祚薄，晚有兒息。外無期功彊近之親，內無應門五尺之童。煢煢獨立，形影相弔。而劉夙嬰疾病，常在牀蓐；臣侍湯藥，未曾廢離。

既無叔伯，又無兄弟，門庭衰微福澤淺薄，直到年紀很大的時候才有了兒子。
在外沒有近親，在內也沒有僮僕，孤獨無依，只有身影相伴。
而祖母劉氏早為疾病所纏，經常臥病在牀，臣侍奉湯藥，從來沒離開過她。

建奉聖朝，沐浴清化。前太守臣逵，察臣孝廉；後刺史臣榮，舉臣秀才；臣以供養無主，辭不赴命。詔書特下，拜臣郎中；尋蒙國恩，除臣洗馬。

到了聖朝建立，我沐浴在清明教化之中。前些時有太守逵推薦臣為孝廉，後來刺史榮又推薦臣為秀才。
推薦你做孝廉！
推薦你做秀才！

臣下因為沒有人照顧祖母，所以辭不赴命。
恕不能從命，心領了！

朝廷的詔書特地發下，拜臣為郎中。又不久受國家恩典，任命臣下為太子洗馬(官名)。

猥以微賤，當侍東宮，非臣隕首所能上報。臣具以表聞，辭不就職。詔書切峻，責臣逋慢；郡縣逼迫，催臣上道；州司臨門，急於星火。臣欲奉詔奔馳，則劉病日篤；欲苟順私情，則告訴不許。臣之進退，實為狼狽！

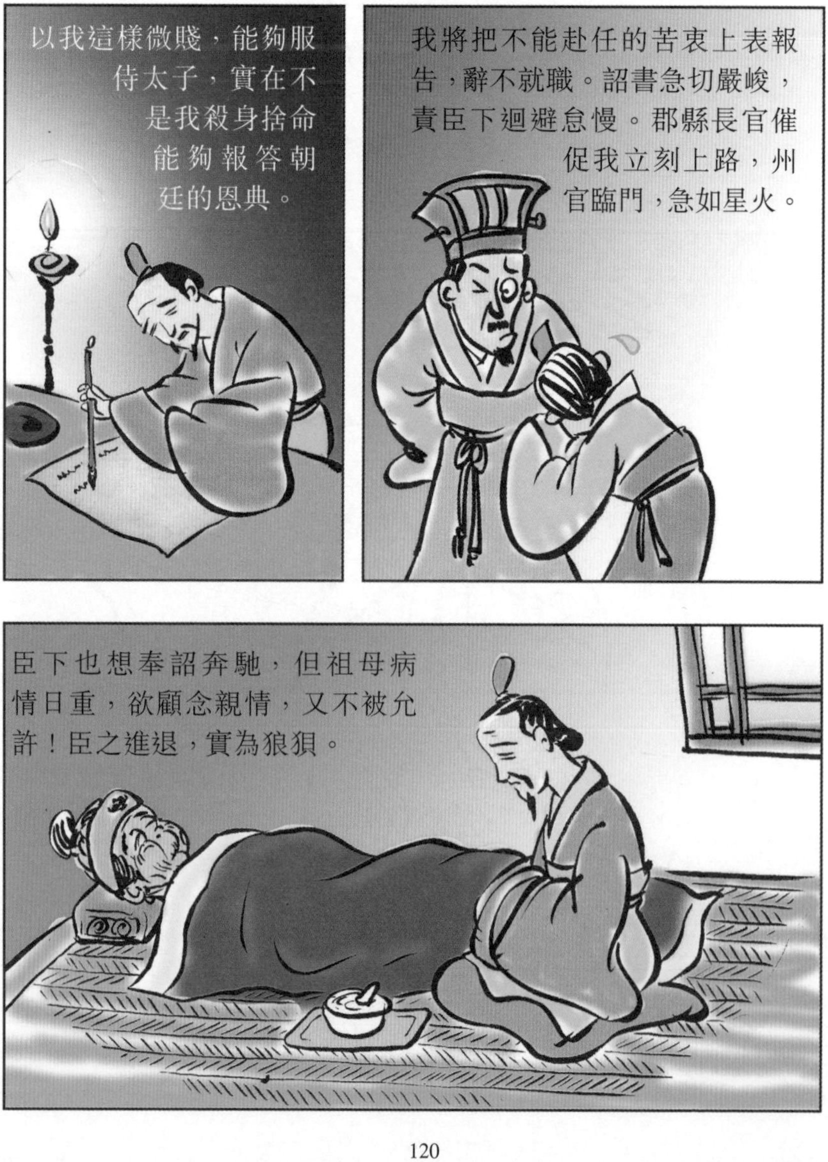
以我這樣微賤，能夠服侍太子，實在不是我殺身捨命能夠報答朝廷的恩典。
我將把不能赴任的苦衷上表報告，辭不就職。詔書急切嚴峻，責臣下迴避怠慢。郡縣長官催促我立刻上路，州官臨門，急如星火。
臣下也想奉詔奔馳，但祖母病情日重，欲顧念親情，又不被允許！臣之進退，實為狼狽。

伏惟聖朝以孝治天下，凡在故老，猶蒙矜育，況臣孤苦，特為尤甚。且臣少仕偽朝，歷職郎署。本圖宦達，不矜名節。今臣亡國賤俘，至微至陋，過蒙拔擢，寵命優渥，豈敢盤桓，有所希冀？

念及聖朝以孝道治天下，凡在世老人，猶蒙憐惜撫育，何況臣下孤苦，特為尤甚。
孝
且臣下年輕時曾做過蜀漢的官員，本圖仕途亨通，並不看重名譽節操。
今臣亡國賤俘，至微至陋，過蒙提拔，而且恩命十分優厚，又豈敢徘徊觀望而有所要求呢？

但以劉日薄西山，氣息奄奄，人命危淺，朝不慮夕。臣無祖母，無以至今日；祖母無臣，無以終餘年。母孫二人，更相為命，是以區區不能廢遠。

只因祖母劉氏，已像日落西山，氣色奄奄，人命危淺，朝不慮夕。臣無祖母，無以至今日；祖母無臣，無以終餘年。

母孫二人，相依為命。是以區區在下不能放棄撫養之責而遠離祖母。

臣密今年四十有四，祖母劉今年九十有六。是臣盡節於陛下之日長，報養劉之日短也。烏鳥私情，願乞終養。

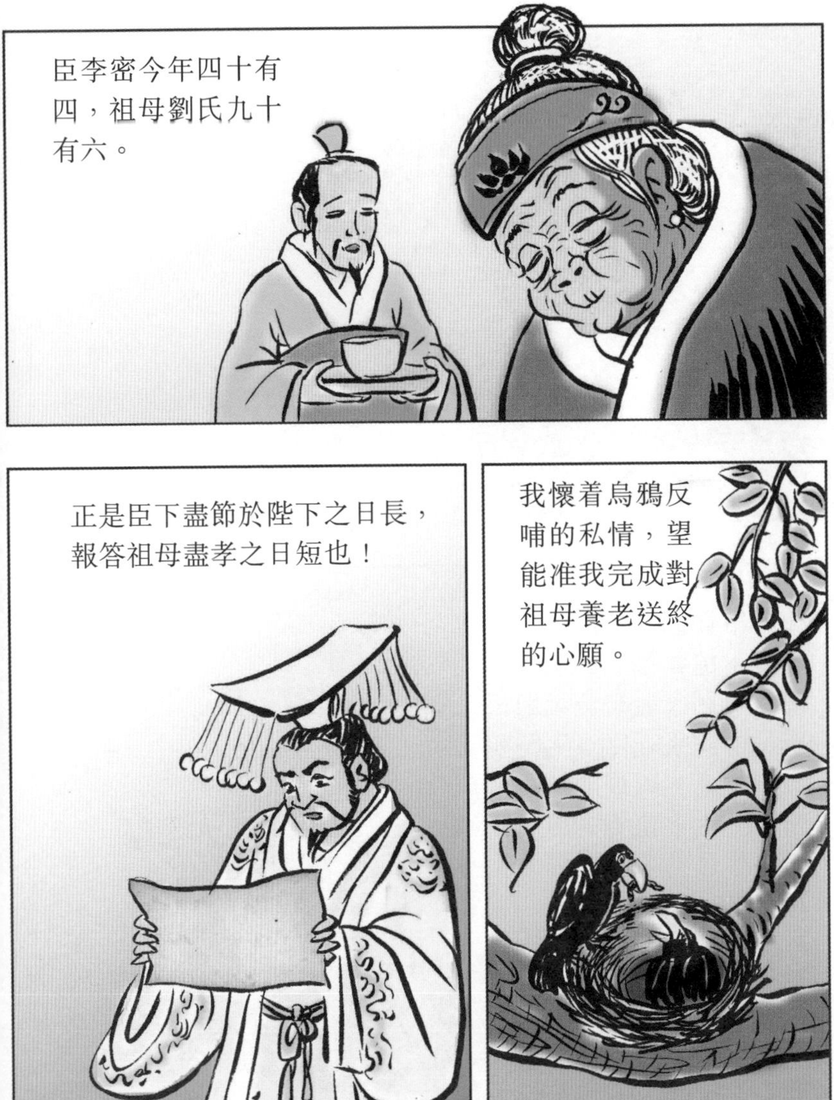
臣李密今年四十有四，祖母劉氏九十有六。
正是臣下盡節於陛下之日長，報答祖母盡孝之日短也！
我懷着烏鴉反哺的私情，望能准我完成對祖母養老送終的心願。

臣之辛苦，非獨蜀之人士，及二州牧伯，所見明知；皇天后土，實所共鑒。願陛下矜愍愚誠，聽臣微志。庶劉僥倖，卒保餘年。臣生當隕首，死當結草。臣不勝犬馬怖懼之情，謹拜表以聞。

願陛下憐憫我的愚誠，滿足臣下這點微小的願望，使祖母劉氏能夠僥倖地保全她的餘生。臣下生時願獻出性命，死後則結草來報答。臣下懷着犬馬一樣不勝惶恐的心情，謹此上表稟告。

11
飲酒（其五）

《飲酒》詩共二十首，大約寫於晉安帝義熙十三年的秋冬之際，陶淵明時年約五十三歲。

原序說這些詩都是醉後所寫，內容側重於歌詠堅持高尚節操的生活，以及詩人在辭官退隱後，內心對貧富兩種人生選擇的思想矛盾。

《飲酒》（其五）開首句「結廬在人境」，詩人雖然在人境中結廬居住，仍過着最普通的人間生活，只是這個「人境」沒有車馬的喧鬧，也代表沒有官場中的來往應酬等事務干擾。

「心遠地自偏」，陶淵明透過詩句不僅表白的自己心境，更指出真正的避世應在乎心境而不在乎居處與俗世鬧市的距離，不論身居何處都感覺自己的居處是在偏遠的地方。「心遠」，指心遠離塵俗，內心不被名利所動，如此，就是在喧鬧之地居住，也自會感受到像住在偏遠地方一樣的清靜。

詩人認為在遠離世俗的心境中，人才能對萬物有悠然自得的呼應。「採菊東籬下，悠然見南山」正寫出了詩人的閑淡靜穆，「境與意會」的妙處。

結尾明白說出他對此境中的「真意」有領悟，領悟甚麼呢？「欲辨已忘言」不知如何用語言來表達。

飲酒

結廬在人境，而無車馬喧。
問君何能爾？心遠地自偏。

人世間結草廬而居，無世俗車馬喧囂之煩惱。
問我何能如此？
?
心境遠離塵俗，雖居喧囂地也一樣清淨啊！

飲酒

採菊東籬下，悠然見南山。山氣日夕佳，飛鳥相與還。此中有真意，欲辨已忘言。

在東籬下採摘菊花，悠然間，南山映入眼簾。

山中氣息日與夜都如此美好，飛鳥結伴而歸。

此中蘊含人生真義，想要辨析這種意念，卻又不知用甚麼語言來表達。

12
師說

韓愈，字退之，唐代著名文學家。

《師說》一文，據考證是韓愈三十五歲時的作品。當時他任國子監四門博士——從七品的學官。

當時社會上有一股奇怪風氣，就是「恥學於師」！原來，那些士大夫普遍有一種從師「位卑則足羞，官盛則近諛」的心理。即是說，門第低於自己的，瞧不起；高於自己的，則怕人譏笑攀附權貴。

那就變成無師可拜的奇怪現象。

韓愈此文就是要反對這種錯誤風氣，藉此匡正時弊。

本段之論述，是「師道」(學道理) 之人，不應因老師之年齡、貴賤而有分別之心。

即使比我年少之人，只要他有道理，我也會拜他為師。

為甚麼呢？因為拜師的最終目的，是學道理呀！若他沒有值得學習的地方，即使比我富貴百倍、千倍，也不足以為師。

所以說到最後，道之所存，師之所存也。有道理的，就是吾師。

韓愈是個敢言的人，主張寫文章要「詞必己出」、「文以載道」。

看見於世道無益之事勇於批評，故此有《師說》一文。

兩年後 (貞元十九年，即公元 803 年)，因關中旱災，他上書彈劾國戚京兆尹李實，封鎖災情，報喜不報憂，卻被德宗貶為陽山縣令。

但這並無磨損他敢言的風骨。元和十四年 (公元 819 年)，唐憲宗迎佛骨於宮中供養三日，他覺得不妥，遂寫下《諫迎佛骨表》上奏，結果惹惱憲宗，幾乎被處死，最後被貶為潮州刺史。

韓愈所批評的「恥學於師」風氣，並非說士大夫們不讀書，相反，他們除了自己讀書，也很着緊兒子的成材，所以「愛其子，擇師而教之」。

但韓愈接着闡釋，這些「童子之師」教的只是文句的基本知識，譬如讀法和斷句，而非「傳其道，解其惑」。

換句話說，學了滿腹知識之後，卻沒有向名師學智慧！

其實，韓愈所云，古今一樣。現代人要學習知識易如反掌，所以每人都可以擁有知識；但做人的道理，真要向比自己智慧高的老師學習才行。

古代的士大夫，門第階級特別森嚴，覺得自己就是天生的貴族，所以無論如何不肯以地位低的人為師，但反過來，比自己高又如何？也不成，怕被人譏笑為「巴結奉承」也。

韓愈以巫、醫、樂師和各種工匠作類比，指他們能夠互相學習，不以為恥。這些士大夫們的智慧實在比不上他們呢，「其可怪也歟」！

得說說「其可怪也歟」有兩種譯法，一是「難道值得奇怪嗎？」一是「真奇怪啊！」

韓愈列舉孔子曾拜郯子、萇弘、師襄及老聃為師，說明聖人也奉行「師道」者。

郯（音談）子，春秋時郯國國君。二十四孝的「鹿乳奉親」主角就是他。

萇弘，通曉天文曆數，又通音律樂理。孔子特別向他請教音樂與天文知識。

師襄，孔子從他習琴。

老聃（粵音「耽」），即道家始祖的老子。相傳孔子於五十一歲時問禮於老子，而後曰「五十而知天命」云云。

師說

古之學者必有師。師者，所以傳道、受業、解惑也。

古之學者必有師。
師者，所以傳道
今天說：人生的道理……
受業
解惑也
如此這般……

人非生而知之者，孰能無惑？惑而不從師，其為惑也終不解矣。

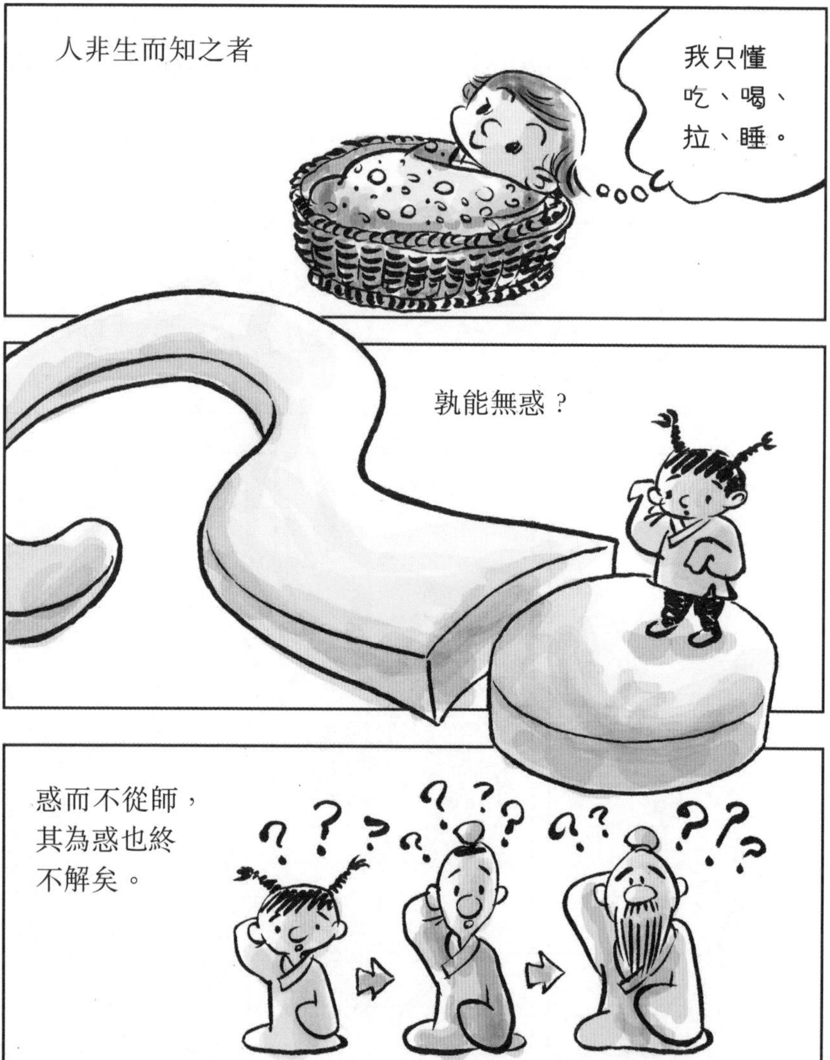
人非生而知之者
我只懂吃、喝、拉、睡。
孰能無惑？
惑而不從師，其為惑也終不解矣。

生乎吾前，其聞道也，固先乎吾，吾從而師之；生乎吾後，其聞道也，亦先乎吾，吾從而師之。吾師道也，夫庸知其年之先後生於吾乎？

出生比我早的，學道理也比我早，所以我會拜他為師。

比我後生的，若「聞道」比我早，我也會當他是老師。

我學習的是道理，豈會計較老師的年齡比我大還是比我小呢？

是故無貴無賤，無長無少，道之所存，師之所存也。

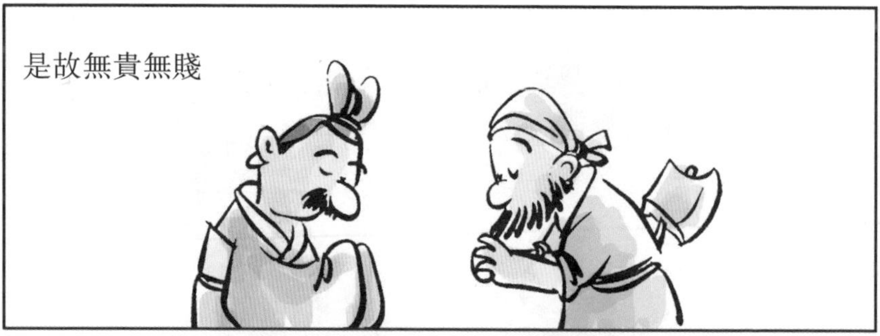
是故無貴無賤

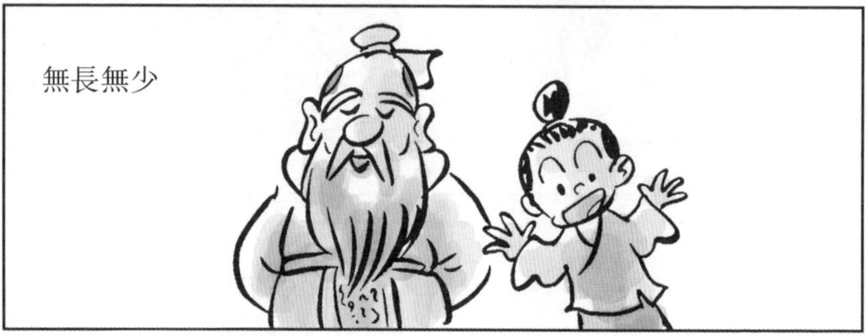
無長無少

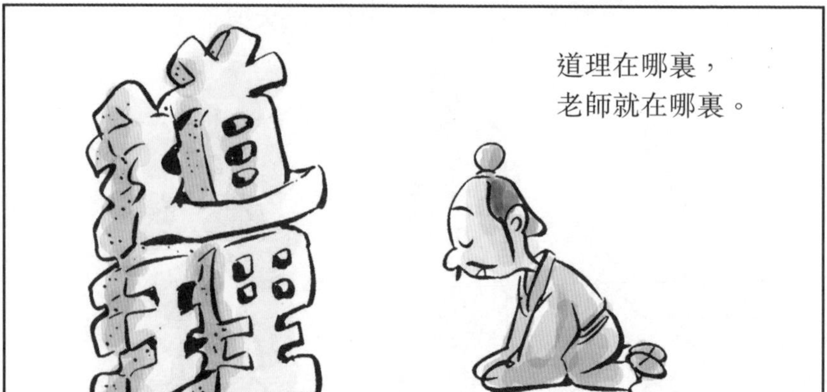
道理在哪裏，
老師就在哪裏。

師說

嗟乎！師道之不傳也久矣！欲人之無惑也難矣！古之聖人，其出人也遠矣，猶且從師而問焉；

嗟乎！師道之不傳也久矣！

欲人之無惑，也難矣！

古之聖人，比一般人超出很多了，尚且跟從老師，向老師請教。

今之眾人，其下聖人也亦遠矣，而恥學於師；是故聖益聖，愚益愚，聖人之所以為聖，愚人之所以為愚，其皆出於此乎！

現在的一般人，跟聖人相比，相差太遠了！
卻以向老師學習為羞。是故聖益聖，愚益愚。
聖人之所以為聖人，愚人之所以為愚人……
其皆出於此乎？

愛其子，擇師而教之，於其身也則恥師焉，惑矣！彼童子之師，授之書而習其句讀者，非吾所謂傳其道、解其惑者也。

愛其子，
擇師而教之。

但自己卻認為向老師請教是可恥的，真奇怪！
哼，我已經很英明神武，誰有資格當吾師？

那孩子的老師，只是教孩子讀書如何斷句點讀，並非我所說的傳授道理、解其疑惑的老師。

句讀之不知，惑之不解，或師焉，或不焉，小學而大遺，吾未見其明也。

句讀之不知
惑之不解
或師焉
或不焉
學習小的學問……
卻忽略大的學問，我看不出如此有何明智呢！

巫、醫、樂師、百工之人，不恥相師；士大夫之族，曰師、曰弟子云者，則羣聚而笑之。問之，則曰：「彼與彼年相若也，道相似也。」

巫、醫、樂師和各種工匠，不以互相學習為恥。

士大夫之族，曰師、曰弟子云者，則羣聚而笑之。

問之，則曰：
這個老師那個學生，年齡差不多，道德學問也差不多呀！

位卑則足羞，官盛則近諛。嗚呼！師道之不復，可知矣。巫、醫、樂師、百工之人，君子不齒，今其智乃反不能及，其可怪也歟！

師從地位比自己低的人則羞恥；師從官位比自己高的就恐被笑諂媚。
嗚呼！
師道之不復，可知矣！
巫、醫、樂師及各種工匠，君子是不屑於與他們同列。
但原來智慧反不如他們，真是奇怪啊！

師說

聖人無常師，孔子師郯子、萇弘、師襄、老聃。郯子之徒，其賢不及孔子。孔子曰：「三人行，則必有我師。」是故弟子不必不如師，師不必賢於弟子；

聖人沒有固定的老師，孔子曾以郯子、師襄、老聃為師。
郯子他們，其道德學問並不如孔子。
孔子曰：三人行，則必有我師。
是故弟子不必不如師，師不必賢於弟子。

師說

聞道有先後，術業有專攻，如是而已。李氏子蟠，年十七，好古文，六藝經傳，皆通習之；不拘於時，學於余。余嘉其能行古道，作《師說》以貽之。

聞道有先後，術業有專攻，如是而已。
李蟠，十七歲，愛好古文，六藝經傳，皆學習了；不受世俗影響，向我學習。
我嘉許他能遵行古人從師學習之道，作《師說》贈予他。

13
始得西山宴遊記

柳宗元（公元 773-819 年），字子厚，唐宋八大家之一。《始得西山宴遊記》是著名的「永州八記」之一。

柳宗元因貶官至永州，閒來尋幽訪勝，深覺西山之特別，遂撰文志之。

柳宗元的「遊山玩水」，其實旨在排遣仕途不得志的愁緒。本文以發現西山之特異，在山上遊目四顧，「數州之土壤，皆在衽席（坐席）之下。」詩人不無以此自況：才華堪比西山——數州皆在我足下——只是無人知道矣！

柳宗元上任永州司馬。地，是窮山惡水；官，是投閒置散。柳宗元於窮山惡水間，卻找出可觀可賞之處。有人讚曰：實為學道之寫照。

有人說，中國的文化，大半是「貶官文化」。幾許詩人墨客，如屈原、李白、蘇東坡和柳宗元等。

他們貶官後，為抒發心中抑鬱，舒解長日岑寂，而寄情山水，並賦文志之，成就了千古絕唱。真個是詩人不幸而江山有幸！

始得西山宴遊記

自余為僇人，居是州，恆惴慄。其隙也，則施施而行，漫漫而遊。日與其徒上高山，入深林，窮迴谿。

自我遭貶之後（被貶為永州司馬），居於永州，時常惴惴不安。

有空時，便到處走走。

每天與同伴上高山，入深林，走過曲折的溪流……

幽泉怪石，無遠不到。到則披草而坐，傾壺而醉；醉則更相枕以臥，臥而夢。意有所極，夢亦同趣。

幽泉怪石，不論多遠，無有不到的。
到則披草而坐，傾壺而醉。
醉則更枕而臥。
睡着了就做起夢來。心中想到的，夢裏也到了那裏。

始得西山宴遊記

覺而起，起而歸。以為凡是州之山有異態者，皆我有也，而未始知西山之怪特。

今年九月二十八日，因坐法華西亭，望西山，始指異之。

覺而起，起而歸。以為永州境內的奇山異水，我都遊歷過了。

今年九月二十八日，因坐法華寺的西亭，遙望西山……

唔……
這山有點特別呢！

遂命僕人過湘江，緣染溪，斫榛莽。焚茅茷，窮山之高而止。

於是命僕人僱舟渡過湘江……
沿着染溪，砍伐叢生的樹木，焚燒茂密的茅草……
一直到達山頂為止。

攀援而登，箕踞而遨，則凡數州之土壤，皆在衽席之下。

大家攀援而登上西山，伸開雙腿遊目四顧。

就看見附近的幾個州，都在我們的坐席之下。

其高下之勢，岈然洼然，若垤若穴，尺寸千里，攢蹙累積，莫得遯隱。縈青繚白，外與天際，四望如一。然後知是山之特出，不與培塿為類。悠悠乎與顥氣俱，而莫得其涯；洋洋乎與造物者遊，而不知其所窮。

那高低不平的地勢，有隆起的小丘，有陷下的像洞穴，千里遠景，咫尺之間，逃不出我們的視野。
青山與白雲互相環繞，上接天際，四望如一。
此時，我才知道兩山之突出，非一般小土丘可比……
它高大久遠，與天地共存而看不到盡頭。

引觴滿酌，頹然就醉，不知日之入，蒼然暮色，自遠而至，至無所見，而猶不欲歸。

我們舉起酒杯，滿滿的一飲而盡，直到醉倒在地，連太陽下山了也不察覺。
昏暗月色，自遠方籠罩過來……
直到甚麼也看不見，我還不想回去。

心凝形釋，與萬化冥合。然後知吾嚮之未始遊，遊於是乎始，故為之文以志。是歲，元和四年也。

但覺心神凝聚，形體了無拘束，與萬物歸一。

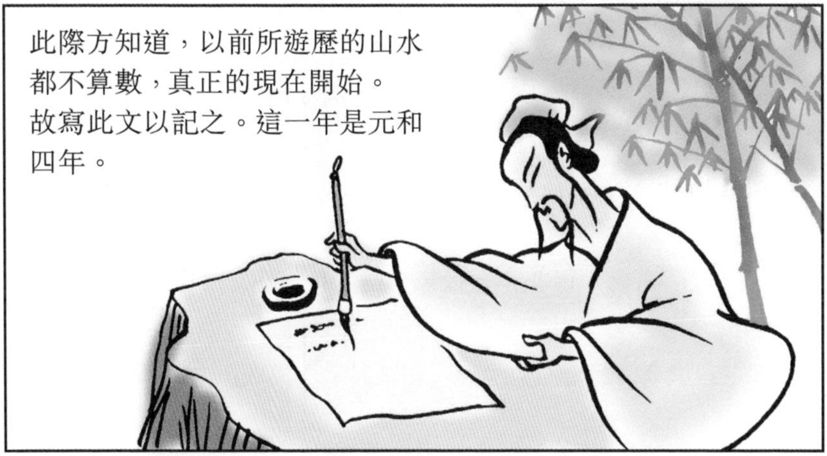
此際方知道，以前所遊歷的山水都不算數，真正的現在開始。
故寫此文以記之。這一年是元和四年。

14
岳陽樓記

范仲淹（公元989-1052年），字希文。

此文是他應同年（科舉時同榜錄取）好友滕子京所作。

滕子京被貶官至岳州（今岳陽市），翌年因重修岳陽樓而央范仲淹寫序，遂有此《岳陽樓記》。

作此文章有一難處，就是岳陽樓乃遊賞之地，而滕子京是貶謫之人，重修費不問而知是國家公帑。滕子京獲貶岳州之罪恰恰又是「靡費公錢」！故范仲淹於文首，即以「越明年，政通人和，百廢俱興」來讚譽滕子京政績，以絕流言。

同年好友滕子亮託范仲淹為岳陽樓寫序，又恐他事忙而未能親臨岳州，故隨書信附上一本《洞庭秋晚圖》。

於是後世論者大多認為范仲淹未嘗至岳州，是對着圖畫而寫成的云云。

然而亦有學者考證，范仲淹至少兩次親臨岳陽，甚至童年時已曾到此一遊。

其實，不論范仲淹有否親臨岳陽樓，《岳陽樓記》這千古名篇，並不因此而有損，只會多一則有趣談助而已。

《岳陽樓記》可分為五段落。

第一段，寫緣起。

第二段，寫景，但並非直接描寫岳陽樓，而是登樓遠望，寫四周之景物。

第三段，承接上文「覽物之情，得無異乎？」，此段描寫覽物之悲者。

第四段，則言覽物而喜者。

第五段，千里來龍，到此結穴，最後一段方是范仲淹要說的「正文」。

范仲淹寫了一番岳陽樓上「觀景覽物」之情，或喜或悲，都是為了末段鋪排引領。

這一段，是借「古仁人之心」來勸勉好友滕子京，不論「居廟堂之高」或「處江湖之遠」，都應以「先天下憂而憂，後天下之樂而樂」的態度克盡其職。

范仲淹別出心裁，《岳陽樓記》情、景、議論層層相扣，佳句紛呈，成就「樓觀非有文字稱記者不為久」的絕妙好文。

岳陽樓記

慶曆四年春，滕子京謫守巴陵郡。越明年，政通人和，百廢具興，乃重修岳陽樓，增其舊制，刻唐賢、今人詩賦於其上；屬予作文以記之。

岳陽樓
慶曆四年春，滕子京遭貶官至巴陵郡。第二年，政通人和，百廢俱興。於是重修岳陽樓。

擴充舊有規模，並將唐代與今人詩賦作品刻在壁上。

囑咐我作文以記之。

依我看,巴陵的美景,在於洞庭湖。它銜接遠山,容納長江水, 浩浩蕩蕩,廣闊無邊;朝暉夕 陰,氣象萬千,這岳陽樓的壯麗 景觀,前人的描述已很詳盡了。

然而這裏北通巫峽,南邊是瀟水湘水,被降職貶官之 人和詩人墨客,多半會來這裏,在觀賞景物之際,他 們心中泛起的感歎,難道一樣嗎?

若夫霪雨霏霏，連月不開；陰風怒號，濁浪排空；日星隱耀，山岳潛形；商旅不行，檣傾楫摧；

像那連綿的雨，幾個月不停；陰冷的風怒吼，濁浪翻騰到空中；太陽和羣星都隱沒光芒，山嶽的形體都潛藏陰霾之中。

商旅無法通行，桅杆傾倒，船槳斷折。

薄暮冥冥，虎嘯猿啼。登斯樓也，則有去國懷鄉，憂讒畏譏，滿目蕭然，感極而悲者矣。

暮色四合，傳來一陣陣像是虎嘯和猿啼的聲音。
登上此樓，一種遠離故國、懷念鄉土的情懷油然而生。
憂慮奸人中傷與譏諷，復面對滿眼蕭條，感慨之極，悲從中來。

至若春和景明，波瀾不驚，上下天光，一碧萬頃；沙鷗翔集，錦鱗游泳，岸芷汀蘭，郁郁青青。

至若春和景明，
波瀾不驚，上下天
光，一碧萬頃；

沙鷗翔集，錦鱗游
泳，岸上芷草，水邊
蘭花，郁郁青青。

而或長煙一空，皓月千里，浮光躍金，靜影沉璧；漁歌互答，此樂何極！登斯樓也，則有心曠神怡，寵辱皆忘，把酒臨風，其喜洋洋者矣。

而或長煙一空，皓月千里，湖面閃爍着金光，月影有如沉在水中的璧玉。

漁歌互答，此樂何極。

這時登上此樓，則有心曠神怡，寵辱皆忘，把酒臨風，其喜洋洋者矣。

嗟夫！予嘗求古仁人之心，或異二者之為。何哉？不以物喜，不以己悲，居廟堂之高，則憂其民；處江湖之遠，則憂其君。

嗟夫！我嘗探究古代仁者之心，與兩者（流放官員與詩人）有何不同。
何哉？（古代仁者）不因身外物而高興，不因個人遭遇而悲傷。
身居朝廷高位，則憂其民。
身處江湖之遠，則憂其君。

是進亦憂，退亦憂，然則何時而樂耶？其必曰：「先天下之憂而憂，後天下之樂而樂」歟？噫！微斯人，吾誰與歸！

正是進亦憂，退亦憂；然則何時而樂耶？

他們必曰：
先天下之憂而憂，後天下之樂而樂！

噫！沒有這些賢人，我還可跟隨誰呢？

15 六國論

蘇洵和他的二位公子蘇軾、蘇轍合稱「三蘇」，而三蘇皆有著作《六國論》。

這篇是蘇洵所著。

蘇洵年二十七發憤讀書。雖然屢試不第，但兩子高中，三人文名震動京師，正要大顯身手之際，突然傳來蘇洵夫人病逝噩耗，遂回鄉奔喪。

蘇洵長於散文，尤擅政論，年四十六作《權書》十篇，此是其中一篇。

蘇洵在文首即點出全篇要旨：「弊在賂秦」。

香港是粵語方言之地，看見「弊在」二字，不解自明，反而說普通話的須翻譯成「糟糕的是」或「癥結在於」等等才明白。

題外話，可見粵語是很有古意的。

賂秦而亡，就如惡性循環，秦不戰而得到土地，實力愈強則愈容易對其他不願臣服者用兵；而武力攻掠諸侯之後，又反過來震懾不願用兵者割地賂秦。

蘇洵引用戰國時的魏國謀臣蘇代之言作根據：「古人云：『以地事秦，猶抱薪救火，薪不盡，火不滅。』」

蘇洵反覆鋪陳了「賂秦」之弊，但六國也有積極抗秦的「燕、趙」，於是補上一筆，批評燕太子丹「刺秦」之計乃下策，加速其滅亡，而趙國卻聽信讒言，把良將李牧誅殺，使大好趙國都城邯鄲，變了秦國的一個郡。

之後蘇洵更假設，若六國不犯以上錯誤，與秦相較未必會輸也。

本段為全文之轉折，呼應上文賂秦而來，開下文抗秦之論。

戰國時代與蘇洵身處的北宋年間，相隔千多年，拿逝去的歷史來高談闊論，其意顯然在借古諷今，警惕當朝君主勿重蹈六國覆轍。

宋朝對強鄰不斷求和，雖未割地，但勇於賠款（到了南宋，則地也割了去），蘇洵看在眼裏，遂有《六國論》的結尾幾句：「苟以天下之大（宋），而從六國破亡之故事，是又在六國下矣！」畫龍點睛，全文要旨盡在此數句。

六國破滅，非兵不利，戰不善，弊在賂秦。

六國破滅，並非兵器不鋒利，仗打得不好。
弊在賄賂秦國。
老師！用錢去賄賂嗎？
比用錢更糟！
哈哈～
割地求和

賂秦而力虧，破滅之道也。或曰：「六國互喪，率賂秦耶？」曰：「不賂者以賂者喪。」蓋失強援，不能獨完，故曰「弊在賂秦」也。

賂秦（割地）而使實力削弱，走上滅亡之路。
秦
六國一個一個地滅亡，全因賂秦嗎？
不賂秦的也因賂秦者而滅亡。
因為失去了強援，不能獨立自保。所以說，「弊在賂秦」也。
秦
秦
秦
秦
秦

秦以攻取之外，小則獲邑，大則得城，較秦之所得與戰勝而得者，其實百倍；諸侯之所亡與戰敗而亡者，其實亦百倍。則秦之所大欲，諸侯之所大患，固不在戰矣。

秦國除了攻城掠地之外，（諸侯自動奉獻的）小則獲邑，大則得城。
不費一兵一卒呢！
所得到的土地比征戰所得者，相差百倍；諸侯因賂秦失去的土地，與戰敗失去的相比，其實亦相差百倍。
秦
秦國的野心與諸侯的滅亡……
根本不在於戰事上的勝負！

思厥先祖父，暴霜露，斬荊棘，以有尺寸之地。子孫視之不甚惜，舉以予人，如棄草芥。今日割五城，明日割十城，然後得一夕安寢；起視四境，而秦兵又至矣。

想他們（六國諸侯）的先祖父輩，暴霜露，斬荊棘，才得到一點點土地。
子孫毫不珍惜，全部送人，如拋一根小草。
今日割五城，明日割十城，然後換得一夕安寢。
那知起牀一看，而秦兵又至矣。

然則諸侯之地有限，暴秦之欲無厭，奉之彌繁，侵之愈急，故不戰而強弱勝負已判矣。至於顛覆，理固宜然。古人云：「以地事秦，猶抱薪救火，薪不盡，火不滅。」此言得之。

然則諸侯之地有限，暴秦之欲無厭。
割地給他愈多，他掠奪土地就愈急迫。
所以不須作戰而強弱勝負已分。最終亡國，那是理所當然的了。
割讓
割讓
古人云：
割地向秦國求和，猶如抱薪救火……
薪不盡，火不滅。
此言正確極！

齊人未嘗賂秦，終繼五國遷滅，何哉？與嬴而不助五國也。五國既喪，齊亦不免矣。燕趙之君，始有遠略，能守其土，義不賂秦。是故燕雖小國而後亡，斯用兵之效也。

齊國沒有對秦國割地求和，但也隨五國而滅亡，何故？
賂秦
皆因寧願跟秦國交好而不肯幫助其他五國。
援助
秦
五國既亡，齊國也就不能倖免了！
燕、趙兩國之君，起初時有遠見，守住國土沒有賂秦。
燕
國
故此燕國雖小，卻是六國中較後亡國者。這就是用兵抗秦的效果！

至丹以荊卿為計，始速禍焉。趙嘗五戰於秦，二敗而三勝；後秦擊趙者再，李牧連卻之；洎牧以讒誅，邯鄲為郡，

至燕太子丹遣荊軻刺秦，才招致滅亡。
回頭老子把你滅國！
趙國嘗五戰於秦，二敗而三勝……
後來秦國兩次攻打趙國，趙將李牧接連擊退秦國的進攻。
直至李牧受誣陷被誅殺，邯鄲（趙國都城）才變成了秦國的一個郡。

惜其用武而不終也。且燕趙處秦革滅殆盡之際，可謂智力孤危，戰敗而亡，誠不得已。向使三國各愛其地，齊人勿附於秦，刺客不行，良將猶在，則勝負之數，存亡之理，當與秦相較，或未易量。

可惜趙國武力抗秦而未能堅持到底……
而且燕、趙兩國抗秦時，正處於其他諸侯已被消滅之際，可謂智謀與力量都很單薄，戰敗而亡，確是不得已的事。
秦
假若韓、魏、楚三國愛護國土，齊國不做秦國附庸，燕國不派刺客，趙國的良將李牧還活着……
齊
楚
燕
韓
趙
魏
那麼勝負之數，存亡之理，跟秦國相比，還不容易判定呢！

嗚呼！以賂秦之地，封天下之謀臣；以事秦之心，禮天下之奇才；并力西嚮，則吾恐秦人食之不得下嚥也。

嗚呼！如果以賂秦之地，
封天下之謀臣；
以侍奉秦國的心，來禮遇天下之奇才；合力對付秦國……
這麼，我恐怕秦國人連吃飯都嚥不下了！

悲夫！有如此之勢，而為秦人積威之所劫，日削月割，以趨於亡。為國者無使為積威之所劫哉！

夫六國與秦皆諸侯，其勢弱於秦，而猶有可以不賂而勝之之勢；苟以天下之大，而從六國破亡之故事，是又在六國下矣！

真可悲啊！有這樣好的形勢，卻懾於秦國積威，日割一地，月割一城，以至滅亡。
治理國家的人不要被積威所脅迫啊！
割讓

六國和秦國同屬諸侯，雖然比秦國弱，然而還有可以不賂秦而戰勝的形勢。
賂秦
假如有這麼大的國家，卻追隨六國滅亡的前例……
智謀又在六國之下了！

16 唐詩三首

月下獨酌

李白的《月下獨酌》共四首，其中最為膾炙人口的是第一首。而事實上，也是這首寫得最有意境和別具想像力。於是千古傳頌，久之而掩蓋了其下的三首。

此詩的體裁屬古體詩，是較少拘束的體裁。全詩十四句，每句五言。天寶三年（公元 744 年）春所作。

天寶三年正是李白在長安當官的時期，他跟權臣不和，又被唐玄宗疏遠，故心情抑鬱，獨酌無親，只能舉杯向天，邀請明月，與自己的影子相對，把孤單的情景轉為浪漫熱鬧的對飲，藉此排遣內心鬱悶！

月下獨酌

花間一壺酒，
獨酌無相親。
舉杯邀明月，
對影成三人。
月既不解飲，
影徒隨我身。
暫伴月將影，
行樂須及春。

花間一壺美酒，可惜無人相伴……
唯有舉杯邀月，和自己的影子成為三人！
可惜月兒不懂喝酒，影兒只是跟着我……
趁着春宵良辰，應及時行樂，且讓我不辜負了花間這壺酒……

月下獨酌

我歌月徘徊，
我舞影零亂。
醒時同交歡，
醉後各分散。
永結無情遊，
相期邈雲漢。

月兒徘徊天際聽我唱歌，影子跟隨我的舞步飄忽不定。

醒時與我共聚尋歡，醉後難免要分離而感到再度寂寞……

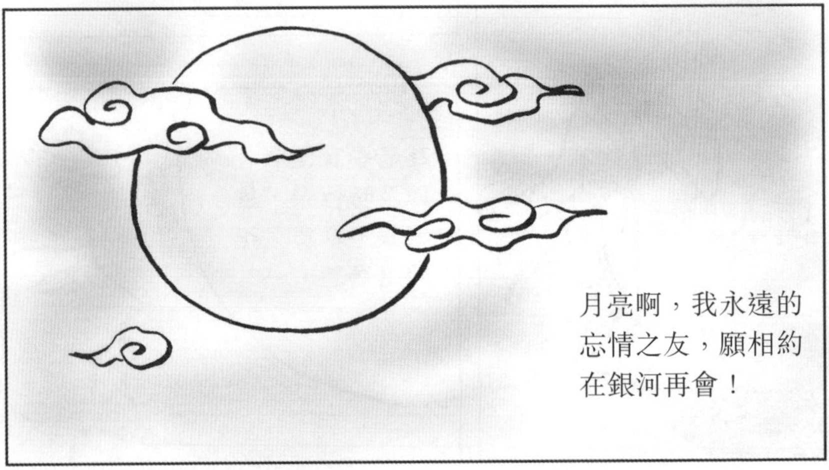
月亮啊，我永遠的忘情之友，願相約在銀河再會！

山居秋暝

王維，字摩詰，唐朝詩人。本詩是一首山水田園詩，詩中景物躍然紙上，堪稱「詩中有畫，畫中有詩」。但此詩不單描寫山居雅意，還有借詩「言志」，要點在最後一句「王孫自可留」，這是借《楚辭•招隱士》中的「王孫兮歸來，山中兮不可久留」之句而反其意，道出「王孫」也可不「出山」而心安理得地歸隱田園的。

山居秋暝

空山新雨後，
天氣晚來秋。
明月松間照，
清泉石上流。

寧靜山居，
剛下了一陣雨。
傍晚的天氣，
感覺到陣陣秋意。
一輪明月
透過松間
灑落。
山澗的泉水淙淙
流過石上……

山居秋暝

竹喧歸浣女，
蓮動下漁舟。
隨意春芳歇，
王孫自可留。

忽聞竹林裏笑語喧聲，是洗衣的姑娘們歸來了。
又見水中蓮葉搖曳，一葉漁舟順流而下。
任憑春天芳草自然凋謝
王孫自可留在山中，不必歸去

登樓

杜甫，字子美，自號少陵野老。

唐朝的偉大詩人，被尊稱為詩聖。

此詩起首四字「花近高樓」，卻立即逆轉為「傷客心」，這「見花傷心」的反常現象，起勢突兀，先聲奪人。跟着「萬方多難此登臨」……道盡國家動盪人民不安的時局。

最後一句「日暮聊為梁甫吟」，因相傳諸葛亮隱居隆中時，好吟唱此民謠，杜甫借此言志：我雖有諸葛武侯的大志，但如今世道，卻是蜀後主這樣的昏君，竟還可以有祠廟供奉呢！

登樓

花近高樓傷客心，
萬方多難此登臨。
錦江春色來天地，
玉壘浮雲變古今。

望着高樓附近繁花似錦，作為遊子過客卻愈發傷心。
愁思滿腹叨念着萬方多難，我到此登臨。
錦江的春色，連天接地。
玉壘山上的浮雲，就如古今世道一樣幻變不定。

登樓

北極朝廷終不改，
西山寇盜莫相侵。
可憐後主還祠廟，
日暮聊為梁甫吟。

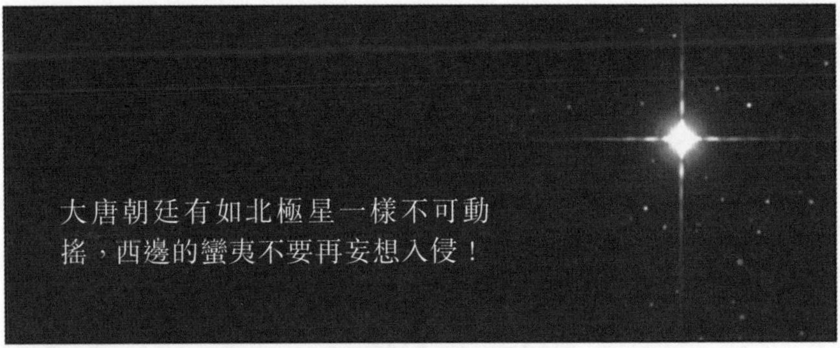
大唐朝廷有如北極星一樣不可動搖，西邊的蠻夷不要再妄想入侵！

可歎蜀後主劉禪那樣的昏君，還可以在廟中享受祭祀。

在這日暮時分，我只能學着孔明吟唱《梁甫吟》，聊以寄情。

17 宋詞三首

念奴嬌

蘇軾，號東坡居士。北宋大文豪，詩詞文章成就極高，更兼善書畫，是文學藝術的全才。

「念奴嬌」是「詞牌」名，又稱「百字令」，全首詞剛好一百字。

蘇軾由浩瀚長江之東流逝水，緬懷往昔英雄豪傑，引發出對歷史與人生的沉思，更藉此抒發不遇之情。

《念奴嬌——赤壁懷古》是一首寫景寫人的懷古之詞。蘇軾因被貶黃州，閒來遊歷赤壁而作。此黃山赤壁其實並非當年三國大戰之赤壁，故蘇軾加上一句「人道是」——人家說的，借此「赤壁」來寫那赤壁。蘇軾貶到黃州，與柳宗元於永州，常被人拿來相提並論，因黃州、永州皆因詩人而揚名天下。

念奴嬌

大江東去，浪淘盡、千古風流人物。故壘西邊，人道是、三國周郎赤壁。

大江東去，浪花滾滾，淘盡了過去的英雄人物。

那舊營壘的西邊，人說是三國時代周瑜在此作戰的赤壁。
赤壁

亂石穿空，驚濤拍岸，捲起千堆雪。江山如畫，一時多少豪傑。

參差的亂石矗立着指向天際
巨浪拍打崖岸，捲起的浪濤像一堆一堆的雪花。
江山像一幅美麗的圖畫……
那個時代匯集了多少英雄豪傑啊！

遙想公瑾當年，小喬
初嫁了，雄姿英發。
羽扇綸巾，談笑間、
檣櫓灰飛煙滅。

遙想周瑜當年，小喬剛嫁給他。
他正年輕有為，英姿勃發。頭戴綸巾，手持羽毛扇……
談笑用兵，轉眼間，敵方戰船就灰飛煙滅……

念奴嬌

故國神遊，多情應笑我，早生華髮。人間如夢，一尊還酹江月。

神遊於三國戰場，該笑我也太多愁善感了，以致過早地生出白髮……

人生如夢，還是藉一樽酒灑祭那些風流人物吧！

聲聲慢

李清照，宋朝詞人。靖康之變後，經歷國破家亡，鴛鴦折翼等種種打擊。這首《聲聲慢》婉轉淒楚，讀來使人柔腸百結，為之唏嘘歎息。

整首詞寫的是「愁」，起首三句連用七組疊字，正是前無古人後無來者。心中滿是淒苦更在深秋黃昏，乍暖還寒，晚來風急，怎能不觸景傷情？滿目是愁，回憶是愁。到最後以「怎一個愁字了得」收結，更是神來之筆。

尋尋覓覓，冷冷清清，淒淒慘慘戚戚。乍暖還寒時候，最難將息。三杯兩盞淡酒，怎敵他晚來風急！雁過也，正傷心，卻是舊時相識。

一生尋尋覓覓，尋到的卻是冷冷清清。只落得淒淒慘慘戚戚。
乍暖還寒的時候，最是難以入眠。
三杯兩盞淡酒，不足以抵禦晚上的冷風寒意。
雁過之時，我正在傷心。這是我在北方見過的舊相識啊！

聲聲慢

滿地黃花堆積，憔悴
損，如今有誰堪摘？
守著窗兒，獨自怎生
得黑！梧桐更兼細
雨，到黃昏、點點滴
滴。這次第，怎一箇
愁字了得！

滿地黃花堆積，憔悴枯損，如今還有甚麼可堪採摘的呢？

守着窗兒，獨自一人孤單寂寞，幾時捱到天黑啊！

細雨灑在梧桐，到黃昏，點點滴滴。這光景，一個「愁」字怎道得盡呢？

青玉案

辛棄疾(公元1140-1207年)，南宋豪放派詞人，人稱「詞中之龍」。

然而這首《青玉案•元夕》則其詞婉約，跟他「金戈鐵馬，氣吞萬里如虎」的豪放風格完全不同。

但作為一個詞人，有時難免即景生情，傷心人別有懷抱。

這首詞上半闋描寫元宵夜，幾句已勾勒出熱鬧、歡樂的盛大場面和氣氛。

須一提的是「玉壺光轉」的玉壺，有說是形容月亮，有說是花燈，甚至有說是在地面轉動的煙花。但之前已有「星如雨」描寫煙花，故此我較傾向「花燈」之說。

古往今來，寫元宵佳節的詞不計其數，但辛棄疾這首堪稱第一。是千古絕唱。

寥寥數十字，寫景、寫人、寫情，虛實交替，有聲有色，令人目不暇給。但所營造的喧鬧繁華，到最後只為了襯托「燈火闌珊處」的孤寂。

青玉案

東風夜放花千樹，更吹落、星如雨。寶馬雕車香滿路。

東風吹來，元宵花燈如千樹花開。

煙火灑落如流星雨，華麗馬車過處滿路飄香。

鳳簫聲動，玉壺光轉，一夜魚龍舞。

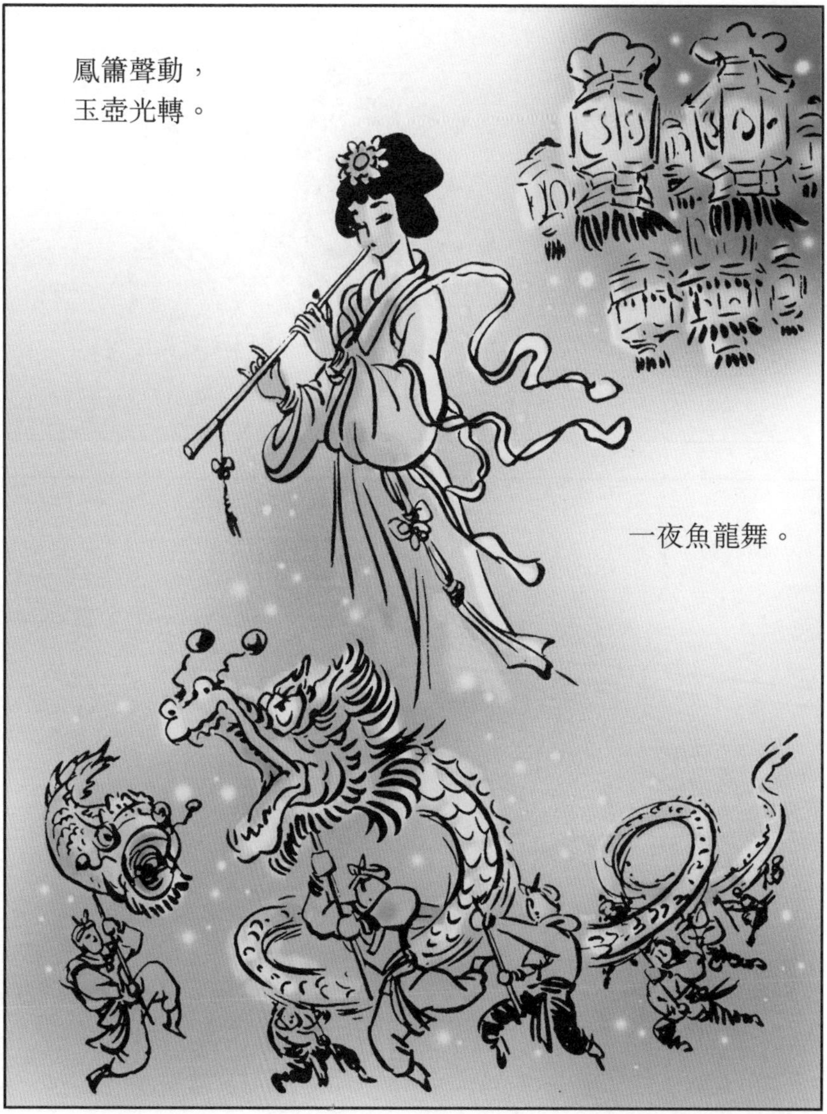
鳳簫聲動，
玉壺光轉。
一夜魚龍舞。

蛾兒雪柳黃金縷，笑語盈盈暗香去。眾裏尋他千百度。

女孩們都戴上蛾兒、雪柳、黃金縷等首飾，笑語盈盈的結伴賞燈。

眾裏
尋她
千百度

青玉案

驀然回首，那人卻在、燈火闌珊處。

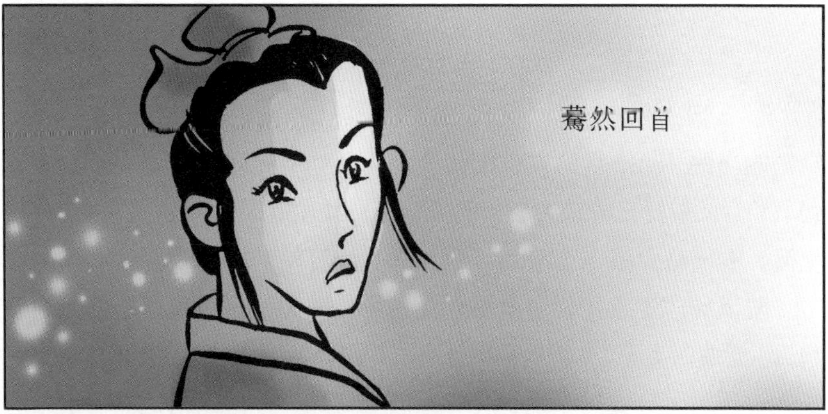
驀然回首

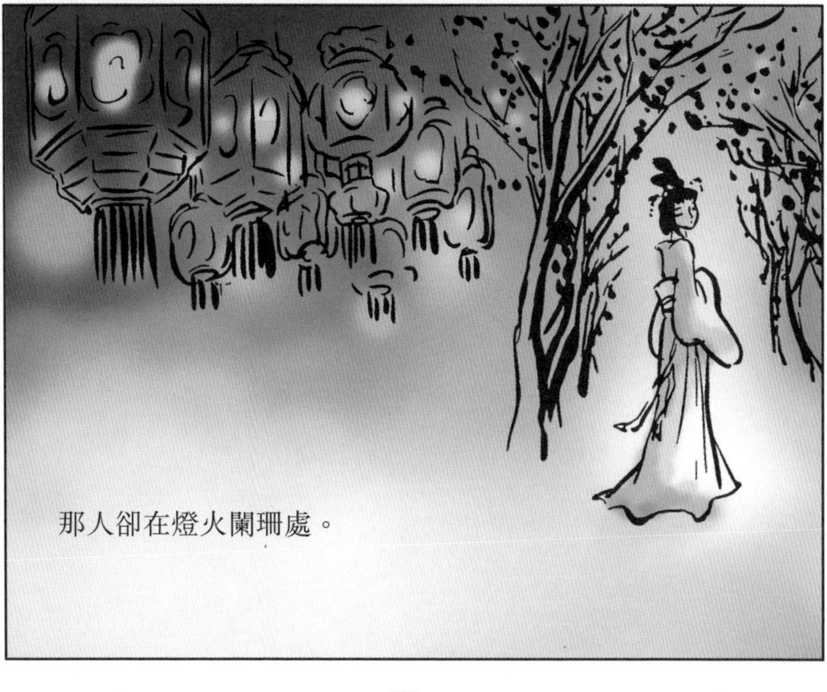
那人卻在燈火闌珊處。

18
元曲兩首

四塊玉　閒適

關漢卿，生平事跡資料所存甚少，約生於元太宗時代（公元 1229-1241 年），卒於元成宗大德年間（公元 1297-1307 年）。元代鍾嗣成《錄鬼簿》有簡略介紹：「關漢卿，大都人，太醫院尹，號己齋叟。」

關漢卿一生主要從事戲劇創作活動，與馬致遠、白樸、鄭光祖合稱為「元曲四大家」。後世稱關漢卿為「曲聖」，他的劇作被譯為英文、法文、德文、日文等，在世界各地廣泛傳播，外國人稱他為「東方的莎士比亞」。

關漢卿的《四塊玉・閒適》是一組小令，共四首，不少讀者更喜歡選讀壓軸的第四首，但全部讀來更覺完整、佳妙。

這四首小令，展示閒適生活是其表象，深層是為了表達看破世態炎涼，退出那紅塵風波，遠離那名利官場。元代的知識分子因受異族統治及地位低下，故常有避世思想，正如小令壓軸那幾句：「賢的是他，愚的是我，爭甚麼？」

四塊玉

（其一）

適意行，安心坐，渴時飲飢時餐醉時歌，困來時就向莎茵臥。日月長，天地闊，閒快活！

隨心所欲地走，心安理得而生。
渴了就飲，餓了就吃，醉了就引吭高歌。
睏倦了就向草地一臥。日月長久，天高地闊，閒適日子快活過。

四塊玉

（其二）

舊酒投，新醅潑，老瓦盆邊笑呵呵，共山僧野叟閒吟和。他出一對雞，我出一個鵝，閒快活！

老酒再釀，新酒也張羅。

大家圍着老瓦盆笑呵呵，和山僧老鄉吟詩唱和。他出一對雞，我出一個鵝，閒適日子快活過！

四塊玉

（其三）意馬收，心猿鎖，跳出紅塵惡風波，槐陰午夢誰驚破？離了利名場，鑽入安樂窩，閒快活！

意馬收轠心猿鎖，跳出那人心險惡的紅塵風波。南柯午夢誰人驚醒過？

鑽入自己經營的安樂窩，閒適日子快活過。

四塊玉

（其四）南畝耕，東山臥。世態人情經歷多。閒將往事思量過，賢的是他，愚的是我，爭甚麼？

南邊耕種東山臥，因對世態人情，經歷已夠多。閒時把往事一一思量過。

賢明的人是他，愚笨的人是我，有啥好爭啊？！

沉醉東風 漁父詞

白樸（公元 1226-1306 年以後），出身於官宦之家，「元曲四大家」之一。白樸善於詞曲，以清麗見長，大抵寫嘆世、詠景和閨怨，常寄故國之思，感慨甚深，著有雜劇《唐明皇秋夜梧桐雨》、《裴少俊牆頭馬上》等十六種及詞集《天籟集》，散曲今存小令三十七首、套數四支，風格高華婉麗。

《漁父詞》語言清麗，音韻和諧，意境開闊，屬元曲精品。本曲顧名思義，是吟詠漁夫生活的歌詞，表面是在寫漁父生活環境的清幽、心情的閒逸和精神的富足，其實是在歌詠隱者拋棄名利、與世無爭的高尚品格。

作者通過漁父的形象描繪，表現自己的思想。曲中漁父之隱，其實是遺民之隱，是一種無聲的政治抗議、不合作態度。在蒙古鐵騎統治下，知識分子備受壓抑，濟世無門，因而胸中塊壘未消，矛盾鬱悶。漁父那種對自由隱逸生活的追求、對淡泊寧靜的嚮往的高潔情懷，隱藏着極為深沉的鬱憤不平。

沉醉東風

黃蘆岸白蘋渡口。綠楊堤紅蓼灘頭。雖無刎頸交，卻有忘機友。點秋江白鷺沙鷗。傲煞人間萬戶侯，不識字煙波釣叟。

渡口上，滿眼枯黃的蘆葦和白色的四葉草。堤岸灘頭有綠楊和紅色的蓼花。

雖無同生共死的弟兄，卻有全無機心的朋友。
點點秋江，有白鷺河鷗。鄙視那將相王侯的，是那目不識丁的江上釣叟。

19
滿井遊記

袁宏道（公元 1568-1610 年），明代著名文學家，他自小聰穎，善寫詩文，年十六為諸生，結社城南，自為社長。萬曆二十年（公元 1592 年）登進士，萬曆二十三年謁選為吳縣知縣，聽政敏決，在任二年治理有道，縣民大悦。宰相申時行稱譽之為：「二百年來，無此令矣！」

袁宏道辭離吳縣知縣去遊玩蘇杭，寫下《虎丘記》、《初至西湖記》等著名遊記。萬曆二十六年（公元 1598 年），他收到在京城任職的哥哥袁宗道的信，讓他入京為官。他在赴京翌年的早春二月，遊覽當時著名景點滿井，並寫成此文。文章通過描述作者於花朝節後天氣稍為和暖的一天，偕同數位朋友出遊滿井時的所見所感，表現他厭棄喧囂塵俗城市生活和官場生活的情懷，及喜愛山川草木的感情。

袁宏道與其兄袁宗道、弟袁中道俱有才名，合稱「公安三袁」。其後學形成公安派，為明代主要詩文流派之一，成就最大的是山水遊記，清新瀟灑，自成一家。《滿井遊記》正是其代表作。

清人王國維在《人間詞話》云：「昔人論詩詞，有景語情語之別，不知一切景語皆情語也。」景語皆情語是本文的其中一個特色。

滿井遊記

燕地寒，花朝節後，餘寒猶厲。凍風時作，作則飛沙走礫。局促一室之內，欲出不得。每冒風馳行，未百步輒返。

廿二日，天稍和，偕數友出東直。至滿井，

北京一帶氣候寒冷，每年二月花朝節過後，殘存的寒氣仍然厲害。時有冷風颳起，動輒飛沙走石。

侷促在斗室，欲出不得。每次冒風疾行，走不到百步就被迫返回。

(二月) 二十二日，天氣稍為暖和，偕數友行出東直門，到了滿井之地。

滿井遊記

高柳夾堤，土膏微潤，一望空闊，若脫籠之鵠。於時冰皮始解，波色乍明，鱗浪層層，清澈見底，晶晶然如鏡之新開而冷光之乍出於匣也。山巒為晴雪所洗，娟然如拭，鮮妍明媚，如倩女之靧面而髻鬟之始掠也。

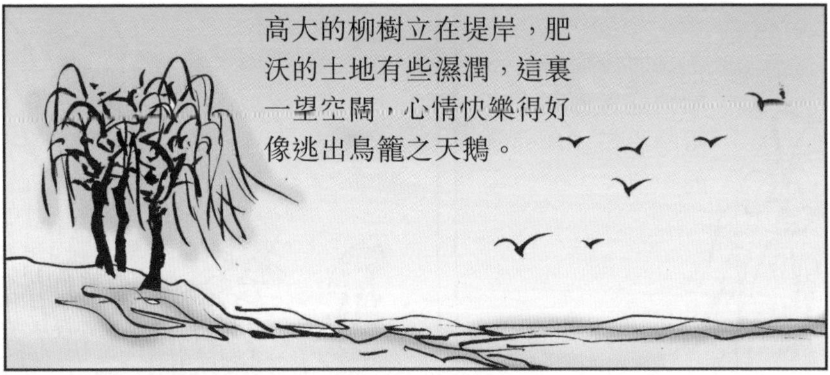
高大的柳樹立在堤岸，肥
沃的土地有些濕潤，這裏
一望空闊，心情快樂得好
像逃出鳥籠之天鵝。

這時江上之薄冰初融，春水開始出現明亮的色
澤，像魚鱗般的波浪一層一層，清
澈見底。

亮晶晶像打開的鏡匣，冷光乍現從匣中射出來。
山巒被融雪洗過，秀麗山色娟然美
好、鮮豔明媚，像美女洗過臉後，
在梳理她的髮髻。

柳條將舒未舒，柔梢披風，麥田淺鬣寸許。遊人雖未盛，泉而茗者，罍而歌者，紅裝而蹇者，亦時時有。

柳條將舒而未舒，柳梢迎風而舞，麥田的小麥長出寸許的幼苗。
遊人雖然還不多，但有取泉水煮茶的……
拿着酒杯唱歌的……
身穿華服騎驢緩行的女子……也時時能看到的。

風力雖尚勁，然徒步則汗出浹背。凡曝沙之鳥，呷浪之鱗，悠然自得，毛羽鱗鬣之間皆有喜氣。始知郊田之外，未始無春，而城居者未之知也。夫能不以遊墮事，而瀟然於山石草木之間者，惟此官也。而此地適與余近，余之遊將自此始，惡能無紀？己亥之二月也。

風力雖然仍勁，但走着走着仍會汗流浹背。那些在沙洲上曬太陽的鳥，在水面戲水的魚，都悠然自得，透出生命的氣息。

我才知道郊野之外已有春意，但城中人未必知道。不會因遊玩而耽誤公事，瀟灑於山石草木之間者，惟有我這清閒官職之人。
滿井正好近我住處，我的郊遊就從這裏開始，怎能不記下來呢？萬曆二十七年二月。

20
左忠毅公軼事

方苞（公元 1668-1749 年），安徽桐城人，清代著名文學家，桐城派古文創始人。方苞繼承明人歸有光「唐宋派」之古文傳統，提出「義法」之説：「義即『言有物』也，法即『言有序』也，義以為經，而法緯之，然後為成體之文。」（《望溪先生文集・又書貨殖傳後》）

「左忠毅公」即左光斗（公元 1575-1625 年），明末名臣，本文是記述有關左氏罕為人知逸事的一篇傳記，透過左光斗和史可法的事跡，突顯左光斗英烈的忠臣形象。

文章題目開宗明義寫左光斗之軼事，但比較起來，通篇描寫史可法之處更多，卻沒有喧賓奪主之感。

文中首先記述左光斗獨具伯樂之眼，賞識及提拔史可法這個棟樑之材。及至左氏被誣入獄後，轉而描寫史可法。但對史的明寫，實際上暗寫左光斗，因為史可法之重情重義、盡忠職守以至愛護下屬等等，皆出自其恩師左光斗的影響，這是對左光斗形象性格之補充。同樣是英烈忠臣的史可法，每述老師事跡而總涕淚滿面，史之光芒加倍襯托出左之高大形象。

本文「義」深而「法」妙，確實達至方苞自己所云「義以為經，而法緯之」的創作境界。

左忠毅公軼事

先君子嘗言：鄉先輩左忠毅公視學京畿。一日，風雪嚴寒，從數騎出，微行入古寺。廡下一生伏案臥，文方成草。

先父曾說過這件事：同鄉前輩左忠毅公在京城任主考官時，有一天，風雪嚴寒，他與數隨從微服出行，來到一座古寺。

廊下小屋有一書生伏案休息，桌上有他剛寫好的文章草稿。

公閱畢，即解貂覆生，為掩戶。叩之寺僧，則史公可法也。及試，吏呼名至史公，公瞿然注視，呈卷，即面署第一。

左公拿來看，閱畢，即解下貂裘蓋在書生身上，又為他掩上窗戶。

向和尚打聽，知道他名叫史可法。

到考試時，小吏喚叫史可法之名，左公瞠目而視。
到呈上考卷，即當着史可法批示為第一名。

召入，使拜夫人，曰：「吾諸兒碌碌，他日繼吾志事，惟此生耳！」

及左公下廠獄，史朝夕窺獄門外。逆閹防伺甚嚴，雖家僕不得近。久之，聞左公被炮烙，旦夕且死，持五十金，涕泣謀於禁卒，卒感焉。

又把他召入房中，拜見左夫人，曰：
我的幾個兒子都庸碌無才，他日能繼承我志向和事業的，只有這個書生！

獄牢
後來，左公被誣陷關進東廠監獄，史可法朝夕在獄門外窺探。

逆賊宦官防守甚嚴，即使左家僕人也不容接近。過了一段時間，聽說左公受到炮烙酷刑，性命難保。史拿五十金流淚請求獄卒，獄卒被感動了。

一日，使史更敝衣草屨，背筐，手長鑱，偽為除不潔者，引入，微指左公處。則席地倚牆而坐，面額焦爛不可辨，左膝以下，筋骨盡脫矣。史前跪，抱公膝而嗚咽。公辨其聲，而目不可開，乃奮臂以指撥眥，

一天，讓史可法換上破衣草鞋，背簍筐，手持長柄鏟子，偽裝為清潔工，領他進入監獄。

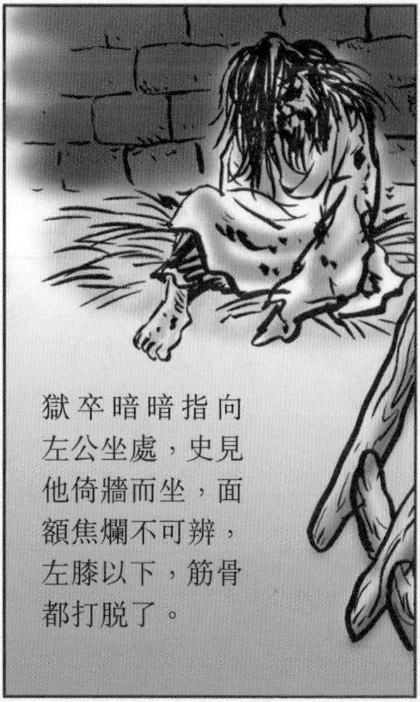
獄卒暗暗指向左公坐處，史見他倚牆而坐，面額焦爛不可辨，左膝以下，筋骨都打脫了。

史向前跪下，抱着左公膝嗚咽，左公辨其聲，但眼睛睜不開，於是振起手臂用手指撐開眼睛。

目光如炬，怒曰：「庸奴！此何地也？而汝來前！國家之事，糜爛至此，老夫已矣，汝復輕身而昧大義，天下事誰可支拄者！不速去，無俟姦人構陷，吾今即撲殺汝！」因摸地上刑械，作投擊勢。史噤不敢發聲，趨而出。後常流涕述其事以語人曰：「吾師肺肝，皆鐵石所鑄造也。」

目光如炬，怒道：
蠢材！這是甚麼地方？你卻前來！國家之事已腐敗到這個地步！老夫完了，你竟輕身犯險而不明救國的責任更大！
天下事還有誰可支撐呢？還不快走，不必等到奸人編造罪名來陷害你，我今天就打殺你！
隨即摸起地上刑具，做出投擲的姿勢。史可法閉口不敢作聲，趕快跑了出去。
後來常流淚對人講起這件事，說：
我的老師（左光斗）是錚錚鐵漢子啊！

崇禎末，流賊張獻忠出沒蘄、黃、潛、桐間，史公以鳳廬道奉檄守禦。每有警，輒數月不就寢，使將士更休，而自坐幄幕外。擇健卒十人，令二人蹲踞而背倚之，漏鼓移則番代。

崇禎末年，流賊張獻忠於蘄春、黃岡、潛山、桐城一帶出沒，史可法以鳳陽及廬州二府兵備道的官職奉命守禦。
桐城

每有警報，數月不得休息，命令將士們輪休，而自己卻坐於軍帳外。他挑選健卒十人，命令兩名士兵蹲坐，他則背靠在兩名士兵身上席地而坐，每過一更就輪番替代。

每寒夜起立，振衣裳，甲上冰霜迸落，鏗然有聲。或勸以少休，公曰：「吾上恐負朝廷，下恐愧吾師也。」

史公治兵，往來桐城，必躬造左公第，候太公、太母起居，拜夫人於堂上。

余宗老塗山，左公甥也，與先君子善，謂獄中語乃親得之於史公云。

每寒夜起身，抖抖衣裳，鎧甲上的冰霜迸落，鏗然有聲。有人勸他稍作休息，史公曰：
吾上恐負朝廷，下恐負吾師也！

史公領兵，往來桐城，必親到左公府第，向其太公、太母請安，再到堂上拜見左夫人。
我的宗親長輩方塗山，是左公女婿，與先父友好，稱獄中對答是從史公那裏聽來的。

二十篇古文經典

國風‧關雎　　　　《詩經》

關關雎鳩，在河之洲。窈窕淑女，君子好逑 。
參差荇菜，左右流之。窈窕淑女，寤寐求之。
求之不得，寤寐思服。悠哉悠哉，輾轉反側。
參差荇菜，左右采之。窈窕淑女，琴瑟友之。
參差荇菜，左右芼之。窈窕淑女，鐘鼓樂之。

曹劌論戰　《左傳》

春，齊師伐我，公將戰。曹劌請見。其鄉人曰：「肉食者謀之，又何間焉？」劌曰：「肉食者鄙，未能遠謀。」乃入見，問：「何以戰？」公曰：「衣食所安，弗敢專也，必以分人。」對曰：「小惠未徧，民弗從也。」公曰：「犧牲玉帛，弗敢加也，必以信。」對曰：「小信未孚，神弗福也」。公曰：「小大之獄，雖不能察，必以情。」對曰：「忠之屬也，可以一戰。」戰，則請從，公與之乘。

戰於長勺。公將鼓之，劌曰：「未可。」齊人三鼓。劌曰：「可矣。」齊師敗績。公將馳之，劌曰：「未可。」下視其轍，登軾而望之，曰：「可矣。」遂逐齊師。既克，公問其故。對曰：「夫戰，勇氣也。一鼓作氣，再而衰，三而竭。彼竭我盈，故克之。夫大國，難測也，懼有伏焉。吾視其轍亂，望其旗靡，故逐之。」

論語·論仁

孔子

子曰：「不仁者，不可以久處約，不可以長處樂。仁者安仁，知者利仁。」

（《里仁》第四）

子曰：「富與貴，是人之所欲也；不以其道得之，不處也。貧與賤，是人之所惡也；不以其道得之，不去也。君子去仁，惡乎成名？君子無終食之間違仁，造次必於是，顛沛必於是。」

（《里仁》第四）

顏淵問仁。子曰：「克己復禮為仁。一日克己復禮，天下歸仁焉。為仁由己，而由人乎哉？」

顏淵曰：「請問其目。」子曰：「非禮勿視，非禮勿聽，非禮勿言，非禮勿動。」

顏淵曰：「回雖不敏，請事斯語矣。」（《顏淵》第十二）

子曰：「志士仁人，無求生以害仁，有殺身以成仁。

（《衛靈公》第十五）

論語‧論孝

孔子

孟懿子問孝。子曰：「無違。」

樊遲御，子告之曰：「孟孫問孝於我，我對曰，無違。」

樊遲曰：「何謂也？」

子曰：「生事之以禮；死葬之以禮，祭之以禮。」

（《為政》第二）

子游問孝。子曰：「今之孝者，是謂能養。至於犬馬，皆能有養；不敬，何以別乎！」（《為政》第二）

子曰：「事父母幾諫，見志不從，又敬不違，勞而不怨。」

（《里仁》第四）

子曰：「父母之年，不可不知也。一則以喜，一則以懼。」

（《里仁》第四）

論語•論君子

孔子

子曰：「君子不重則不威；學則不固。主忠信，無友不如己者。過則勿憚改。」（《學而》第一）

子曰：「君子坦蕩蕩，小人長戚戚。」（《述而》第七）

司馬牛問君子。子曰：「君子不憂不懼。」曰：「不憂不懼，斯謂之君子矣乎？」子曰：「內省不疚，夫何憂何懼？」（《顏淵》第十二）

子曰：「君子成人之美，不成人之惡。小人反是。」（《顏淵》第十二）

子曰：「君子恥其言而過其行。」（《憲問》第十四）

子曰：「君子義以為質，禮以行之，孫以出之，信以成之。君子哉！」（《衛靈公》第十五）

子曰：「君子病無能焉，不病人之不己知也。」（《衛靈公》第十五）

子曰：「君子求諸己，小人求諸人。」（《衛靈公》第十五）

魚我所欲也

孟子

孟子曰：「魚，我所欲也，熊掌，亦我所欲也；二者不可得兼，舍魚而取熊掌者也。生亦我所欲也義，亦我所欲也；二者不可得兼，舍生而取義者也。生亦我所欲，所欲有甚於生者，故不為苟得也；死亦我所惡，所惡有甚於死者，故患有所不辟也。如使人之所欲莫甚於生，則凡可以得生者，何不用也？使人之所惡莫甚於死者，則凡可以辟患者，何不為也？由是則生而有不用也，由是則可以辟患而有不為也。是故，所欲有甚於生者，所惡有甚於死者；非獨賢者有是心也，人皆有之，賢者能勿喪耳。

一簞食，一豆羹，得之則生，弗得則死。嘑爾而與之，行道之人弗受；蹴爾而與之，乞人不屑也。萬鍾則不辨禮義而受之，萬鍾於我何加焉？為宮室之美、妻妾之奉、所識窮乏者得我與？鄉為身死而不受，今為宮室之美為之；鄉為身死而不受，今為妻妾之奉為之；鄉為身死而不受，今為所識窮乏者得我而為之，是亦不可以已乎？此之謂失其本心。」

逍遙游（節錄）

莊子

惠子謂莊子曰：「魏王貽我大瓠之種，我樹之成而實五石。以盛水漿，其堅不能自舉也。剖之以為瓢，則瓠落無所容。非不喝然大也，吾為其無用而掊之。」 莊子曰：「夫子固拙於用大矣！宋人有善為不龜手之藥者，世世以洴澼絖為事。客聞之，請買其方百金。聚族而謀曰：『我世世為洴澼絖，不過數金；今一朝而鬻技百金，請與之。』客得之，以說吳王。越有難，吳王使之將，冬與越人水戰，大敗越人，裂地而封之。能不龜手一也；或以封，或不免於洴澼絖，則所用之異也。今子有五石之瓠，何不慮以為大樽而浮於江湖，而憂其瓠落無所容，則夫子猶有蓬之心也夫！」

惠子謂莊子曰：「吾有大樹，人謂之樗；其大本擁腫而不中繩墨，其小枝卷曲而不中規矩。立之塗，匠者不顧。今子之言，大而無用，眾所同去也。」莊子曰：「子獨不見狸狌乎？卑身而伏，以候敖者；東西跳梁，不辟高下，中於機辟，死於罔罟。今夫斄牛，其大若垂天之雲；此能為大矣，而不能執鼠。今子有大樹，患其無用，何不樹之於無何有之鄉，廣莫之野，彷徨乎無為其側，逍遙乎寢臥其下；不夭斤斧，物無害者。無所可用，安所困苦哉？」

勸學（節錄）

荀子

君子曰：學不可以已。青，取之於藍，而青於藍；冰，水為之，而寒於水。木直中繩，輮以為輪，其曲中規，雖有槁暴、不復挺者，輮使之然也。故木受繩則直，金就礪則利，君子博學而日參省乎己，則知明而行無過矣。

吾嘗終日而思矣，不如須臾之所學也；吾嘗跂而望矣，不如登高之博見也。登高而招，臂非加長也，而見者遠。順風而呼，聲非加疾也，而聞者彰。假輿馬者，非利足也，而致千里；假舟楫者，非能水也，而絕江河。君子生非異也，善假於物也。

積土成山，風雨興焉；積水成淵，蛟龍生焉；積善成德，而神明自得，聖心備焉。故不積跬步，無以至千里；不積小流，無以成江海。騏驥一躍，不能十步；駑馬十駕，功在不舍。鍥而舍之，朽木不折；鍥而不舍，金石可鏤。螾無爪牙之利，筋骨之強，上食埃土，下飲黃泉，用心一也。蟹六跪而二螯，非蛇蟺之穴無可寄託者，用心躁也。

大學（節錄）　　《禮記》

大學之道：在明明德，在親民，在止於至善。知止而后有定，定而后能靜，靜而后能安，安而后能慮，慮而后能得。物有本末，事有終始，知所先後，則近道矣。

古之欲明明德於天下者，先治其國；欲治其國者，先齊其家；欲齊其家者，先修其身；欲修其身者，先正其心；欲正其心者，先誠其意；欲誠其意者，先致其知；致知在格物。物格而后知至，知至而后意誠，意誠而后心正，心正而后身修，身修而后家齊，家齊而后國治，國治而后天下平。

自天子以至於庶人，壹是皆以修身為本。其本亂而末治者否矣；其所厚者薄，而其所薄者厚，未之有也。

廉頗藺相如列傳（節錄）　司馬遷

廉頗者，趙之良將也。趙惠文王十六年，廉頗為趙將伐齊，大破之，取陽晉，拜為上卿，以勇氣聞於諸侯。藺相如者，趙人也，為趙宦者令繆賢舍人。

趙惠文王時，得楚和氏璧。秦昭王聞之，使人遺趙王書，願以十五城請易璧。趙王與大將軍廉頗諸大臣謀：欲予秦，秦城恐不可得，徒見欺；欲勿予，即患秦兵之來。計未定，求人可使報秦者，未得。宦者令繆賢曰：「臣舍人藺相如可使。」王問：「何以知之？」對曰：「臣嘗有罪，竊計欲亡走燕，臣舍人相如止臣，曰：『君何以知燕王？』臣語曰：『臣嘗從大王與燕王會境上，燕王私握臣手，曰「願結友。」以此知之，故欲往。』相如謂臣曰：『夫趙彊而燕弱，而君幸於趙王，故燕王欲結於君。今君乃亡趙走燕，燕畏趙，其勢必不敢留君，而束君歸趙矣。君不如肉袒伏斧質請罪，則幸得脫矣。』臣從其計，大王亦幸赦臣。臣竊以為其人勇士，有智謀，宜可使。」於是王召見，問藺相如曰：「秦王以十五城請易寡人之璧，可予不？」相如曰：「秦彊而趙弱，不可不許。」王曰：「取吾璧，不予我城，奈何？」相如曰：「秦以城求璧而趙不許，曲在趙；趙予璧而秦不予趙城，曲在秦。均之二策，寧許以負秦曲。」王曰：「誰可使者？」相如曰：「王必無人，臣願奉璧往使。城入趙而璧留秦；城不入，臣請完璧歸趙。」趙王於是遂遣相如奉璧西入秦。

秦王坐章台見相如，相如奉璧奏秦王。秦王大喜，傳以示美人及左右，左右皆呼萬歲。相如視秦王無意償趙城，乃前曰：「璧有瑕，請指示王。」王授璧，相如因持璧，卻立，倚柱，怒髮上衝冠，謂秦王曰：「大王欲得璧，使人發書至趙王，趙王悉召羣臣議，皆曰：『秦貪，負其彊，以空言求璧，償城恐不可得』。議不欲予秦璧。臣以為布衣之交尚不相欺，況大國乎！且以一璧之故逆彊秦之驩，不可。於是趙王乃齋戒五日，使臣奉璧，拜送書於庭。何者？嚴大國之威以修敬也。今臣至，大王見臣列觀，禮節甚倨；得璧，傳之美人，以戲弄臣。臣觀大王無意償趙王城邑，故臣復取璧。大王必欲急臣，臣頭今與璧俱碎於柱矣！」相如持其璧睨柱，欲以擊柱。秦王恐其破璧，乃辭謝固請，召有司案圖，指從此以往十五都予趙。相如度秦王特以詐佯為予趙城，實不可得，乃謂秦王曰：「和氏璧，天下所共傳寶也。趙王恐，不敢不獻。趙王送璧時，齋戒五日，今大王亦宜齋戒五日，設九賓於廷，臣乃敢上璧。」秦王度之，終不可彊奪，遂許齋五日，舍相如廣成傳。相如度秦王雖齋，決負約不償城，乃使其從者衣褐，懷其璧，從徑道亡，歸璧於趙。

秦王齋五日後，乃設九賓禮於廷，引趙使者藺相如。相如至，謂秦王曰：「秦自繆公以來二十餘君，未嘗有堅明約束者也。臣誠恐見欺於王而負趙，故令人持璧歸，間至趙矣。且秦彊而趙弱，大王遣一介之使至趙，趙立奉璧來；今以秦之彊而先割十五都予趙，趙豈敢留璧而得罪於大王乎？臣知欺大王之罪當誅，臣請就湯鑊。唯大王與臣孰計議之！」秦王與羣臣相視而嘻。左右或欲引相如去，秦王因曰：「今殺相如，終不能得璧也，而絕秦趙之驩，不如因而厚遇之，使歸趙，趙王豈以一璧之故欺秦邪！」卒廷見相如，畢禮而歸之。相如既歸，趙王以為賢大夫，使不辱於諸侯，拜相如為上大夫。秦亦不以城予趙，趙亦終不予秦璧。

其後秦伐趙，拔石城。明年，復攻趙，殺二萬人。秦王使使者告趙王，欲與王為好會於西河外澠池。趙王畏秦，欲毋行。廉頗、藺相如計曰：「王不行，示趙弱且怯也。」趙王遂行，相如從。廉頗送至境，與王訣曰：「王行，度道里會遇之禮畢，還，不過三十日。三十日不還，則請立太子為王，以絕秦望。」王許之，遂與秦王會澠池。秦王飲酒酣，曰：「寡人竊聞趙王好音，請奏瑟。」趙王鼓瑟。秦御史前書曰：「某年月日，秦王與趙王會飲，令趙王鼓瑟。」藺相如前曰：「趙王竊聞秦王善為秦聲，請奏盆缻秦王，以相娛樂。」秦王怒，不許。於是相如前進缻，因跪請秦王。秦王不肯擊缻。相如曰：「五步之內，相如請得以頸血濺大王矣！」左右欲刃相如，相如張目叱之，左右皆靡。於是秦王不懌，為一擊缻。相如顧召趙御史書曰：「某年月日，秦王為趙王擊缻。」秦之羣臣曰：「請以趙十五城為秦王壽。」藺相如亦曰：「請以秦之咸陽為趙王壽。」秦王竟酒，終不能加勝於趙。趙亦盛設兵以待秦，秦不敢動。

既罷歸國，以相如功大，拜為上卿，位在廉頗之右。廉頗曰：「我為趙將，有攻城野戰之大功，而藺相如徒以口舌為勞，而位居我上，且相如素賤人，吾羞，不忍為之下。」宣言曰：「我見相如，必辱之。」相如聞，不肯與會。相如每朝時，常稱病，不欲與廉頗爭列。已而相如出，望見廉頗，相如引車避匿。於是舍人相與諫曰：「臣所以去親戚而事君者，徒慕君之高義也。今君與廉頗同列，廉君宣惡言而君畏匿之，恐懼殊甚，且庸人尚羞之，況於將相乎！臣等不肖，請辭去。」藺相如固止之，曰：「公之視廉將軍孰與秦王？」曰：「不若也。」相如曰：「夫以秦王之威，而相如廷叱之，辱其羣臣，相如雖駑，獨畏廉將軍哉？顧吾念之，彊秦之所以不敢加兵於趙者，徒以吾兩人在也。今兩虎共鬥，其勢不俱生。吾所以為此者，以先國家之急而後私讎也。」廉頗聞之，肉袒負荊，因賓客至藺相如門謝罪。曰：「鄙賤之人，不知將軍寬之至此也。」卒相與驩，為刎頸之交。

出師表　　　諸葛亮

先帝創業未半，而中道崩殂；今天下三分，益州疲弊，此誠危急存亡之秋也！然侍衛之臣，不懈於內；忠志之士，忘身於外者，蓋追先帝之殊遇，欲報之於陛下也。

誠宜開張聖聽，以光先帝遺德，恢弘志士之氣；不宜妄自菲薄，引喻失義，以塞忠諫之路也。

宮中、府中，俱為一體；陟罰臧否，不宜異同。若有作姦犯科，及為忠善者，宜付有司，論其刑賞，以昭陛下平明之治；不宜偏私，使內外異法也。

侍中、侍郎郭攸之、費禕、董允等，此皆良實，志慮忠純，是以先帝簡拔以遺陛下。愚以為宮中之事，事無大小，悉以咨之，然後施行，必得裨補闕漏，有所廣益。將軍向寵，性行淑均，曉暢軍事，試用於昔日，先帝稱之曰「能」，是以眾議舉寵為督。愚以為營中之事，事無大小，悉以咨之，必能使行陣和睦，優劣得所。

親賢臣，遠小人，此先漢所以興隆也；親小人，遠賢臣，此後漢所以傾頹也。先帝在時，每與臣論此事，未嘗不歎息痛恨於桓、靈也！侍中、尚書、長史、參軍，此悉貞良死節之臣，願陛下親之、信之，則漢室之隆，可計日而待也。

臣本布衣，躬耕於南陽，苟全性命於亂世，不求聞達於諸侯。先帝不以臣卑鄙，猥自枉屈，三顧臣於草廬之中，諮臣以當世之事；由是感激，遂許先帝以驅馳。後值傾覆，受任於敗軍之際，奉命於危難之間，爾來二十有一年矣。先帝知臣謹慎，故臨崩寄臣以大事也。受命以來，夙夜憂慮，恐託付不效，以傷先帝之明。故五月渡瀘，深入不毛。今南方已定，兵甲已足，當獎率三軍，北定中原，庶竭駑鈍，攘除姦凶，興復漢室，還於舊都。此臣所以報先帝而忠陛下之職分也。至於斟酌損益，進盡忠言，則攸之、禕、允之任也。

願陛下託臣以討賊興復之效；不效，則治臣之罪，以告先帝之靈。若無興德之言，則責攸之、禕、允等之慢，以彰其咎。陛下亦宜自謀，以諮諏善道，察納雅言，深追先帝遺詔。臣不勝受恩感激。今當遠離，臨表涕零，不知所言！

陳情表　　　　李　密

臣密言：臣以險釁，夙遭閔凶，生孩六月，慈父見背，行年四歲，舅奪母志。祖母劉，愍臣孤弱，躬親撫養。臣少多疾病，九歲不行；零丁孤苦，至于成立。既無叔伯，終鮮兄弟，門衰祚薄，晚有兒息。外無期功彊近之親，內無應門五尺之童。煢煢獨立，形影相弔。而劉夙嬰疾病，常在牀蓐；臣侍湯藥，未曾廢離。

逮奉聖朝，沐浴清化。前太守臣逵，察臣孝廉；後刺史臣榮，舉臣秀才；臣以供養無主，辭不赴命。詔書特下，拜臣郎中；尋蒙國恩，除臣洗馬。猥以微賤，當侍東宮，非臣隕首所能上報。臣具以表聞，辭不就職。詔書切峻，責臣逋慢；郡縣逼迫，催臣上道；州司臨門，急於星火。臣欲奉詔奔馳，則劉病日篤；欲苟順私情，則告訴不許。臣之進退，實為狼狽！

伏惟聖朝以孝治天下，凡在故老，猶蒙矜育，況臣孤苦，特為尤甚。且臣少仕偽朝，歷職郎署。本圖宦達，不矜名節。今臣亡國賤俘，至微至陋，過蒙拔擢，寵命優渥，豈敢盤桓，有所希冀？但以劉日薄西山，氣息奄奄，人命危淺，朝不慮夕。臣無祖母，無以至今日；祖母無臣，無以終餘年。母孫二人，更相為命，是以區區不能廢遠。

臣密今年四十有四，祖母劉今年九十有六。是臣盡節於陛下之日長，報養劉之日短也。烏鳥私情，願乞終養。臣之辛苦，非獨蜀之人士，及二州牧伯，所見明知；皇天后土，實所共鑒。願陛下矜愍愚誠，聽臣微志。庶劉僥倖，卒保餘年。臣生當隕首，死當結草。臣不勝犬馬怖懼之情，謹拜表以聞。

飲酒（其五）　　陶　潛

結廬在人境，而無車馬喧。
問君何能爾，心遠地自偏。
採菊東籬下，悠然見南山。
山氣日夕佳，飛鳥相與還。
此中有真意，欲辨已忘言。

師說　　韓愈

古之學者必有師。師者，所以傳道、受業、解惑也。人非生而知之者，孰能無惑？惑而不從師，其為惑也終不解矣。

生乎吾前，其聞道也，固先乎吾，吾從而師之；生乎吾後，其聞道也，亦先乎吾，吾從而師之。吾師道也，夫庸知其年之先後生於吾乎？是故無貴無賤，無長無少，道之所存，師之所存也。

嗟乎！師道之不傳也久矣！欲人之無惑也難矣！古之聖人，其出人也遠矣，猶且從師而問焉；今之眾人，其下聖人也亦遠矣，而恥學於師；是故聖益聖，愚益愚，聖人之所以為聖，愚人之所以為愚，其皆出於此乎！

愛其子，擇師而教之，於其身也則恥師焉，惑矣！彼童子之師，授之書而習其句讀者，非吾所謂傳其道、解其惑者也。句讀之不知，惑之不解，或師焉，或不焉，小學而大遺，吾未見其明也。

巫、醫、樂師、百工之人，不恥相師；士大夫之族，曰師、曰弟子云者，則羣聚而笑之。問之，則曰：「彼與彼年相若也，道相似也。」位卑則足羞，官盛則近諛。嗚呼！師道之不復，可知矣。巫、醫、樂師、百工之人，君子不齒，今其智乃反不能及，其可怪也歟！

聖人無常師，孔子師郯子、萇弘、師襄、老聃。郯子之徒，其賢不及孔子。孔子曰：「三人行，則必有我師。」是故弟子不必不如師，師不必賢於弟子；聞道有先後，術業有專攻，如是而已。

李氏子蟠，年十七，好古文，六藝經傳，皆通習之；不拘於時，學於余。余嘉其能行古道，作《師說》以貽之。

始得西山宴遊記　　柳宗元

自余為僇人，居是州，恆惴慄。其隙也，則施施而行，漫漫而遊。日與其徒上高山，入深林，窮迴谿。幽泉怪石，無遠不到。到則披草而坐，傾壺而醉；醉則更相枕以臥，臥而夢。意有所極，夢亦同趣。覺而起，起而歸。以為凡是州之山有異態者，皆我有也，而未始知西山之怪特。

今年九月二十八日，因坐法華西亭，望西山，始指異之。遂命僕人過湘江，緣染溪，斫榛莽。焚茅茷，窮山之高而止。攀援而登，箕踞而遨，則凡數州之土壤，皆在衽席之下。其高下之勢，岈然洼然，若垤若穴，尺寸千里，攢蹙累積，莫得遯隱。縈青繚白，外與天際，四望如一。然後知是山之特出，不與培塿為類。悠悠乎與顥氣俱，而莫得其涯；洋洋乎與造物者遊，而不知其所窮。引觴滿酌，頹然就醉，不知日之入，蒼然暮色，自遠而至，至無所見，而猶不欲歸。心凝形釋，與萬化冥合。然後知吾嚮之未始遊，遊於是乎始，故為之文以志。是歲，元和四年也。

岳陽樓記　　范仲淹

慶曆四年春，滕子京謫守巴陵郡。越明年，政通人和，百廢具興，乃重修岳陽樓，增其舊制，刻唐賢、今人詩賦於其上；屬予作文以記之。

予觀夫巴陵勝狀，在洞庭一湖。銜遠山，吞長江，浩浩湯湯，橫無際涯；朝暉夕陰，氣象萬千。此則岳陽樓之大觀也，前人之述備矣。然則北通巫峽，南極瀟湘，遷客騷人，多會於此，覽物之情，得無異乎？

若夫霪雨霏霏，連月不開；陰風怒號，濁浪排空；日星隱耀，山岳潛形；商旅不行，檣傾楫摧 ；薄暮冥冥，虎嘯猿啼。登斯樓也，則有去國懷鄉，憂讒畏譏，滿目蕭然，感極而悲者矣。

至若春和景明，波瀾不驚，上下天光，一碧萬頃；沙鷗翔集，錦鱗游泳，岸芷汀蘭，郁郁青青。而或長煙一空，皓月千里，浮光躍金，靜影沉璧；漁歌互答，此樂何極！登斯樓也，則有心曠神怡，寵辱皆忘，把酒臨風，其喜洋洋者矣。

嗟夫！予嘗求古仁人之心，或異二者之為。何哉？不以物喜，不以己悲，居廟堂之高，則憂其民；處江湖之遠，則憂其君。是進亦憂，退亦憂，然則何時而樂耶？其必曰：「先天下之憂而憂，後天下之樂而樂」歟？噫！微斯人，吾誰與歸！

六國論

蘇洵

六國破滅，非兵不利，戰不善，弊在賂秦。賂秦而力虧，破滅之道也。或曰：「六國互喪，率賂秦耶？」曰：「不賂者以賂者喪。」蓋失強援，不能獨完，故曰「弊在賂秦」也。

秦以攻取之外，小則獲邑，大則得城。較秦之所得，與戰勝而得者，其實百倍；諸侯之所亡，與戰敗而亡者，其實亦百倍。則秦之所大欲，諸侯之所大患，固不在戰矣。思厥先祖父，暴霜露，斬荊棘，以有尺寸之地。子孫視之不甚惜，舉以予人，如棄草芥。今日割五城，明日割十城，然後得一夕安寢；起視四境，而秦兵又至矣。然則諸侯之地有限，暴秦之欲無厭，奉之彌繁，侵之愈急，故不戰而強弱勝負已判矣。至於顛覆，理固宜然。古人云：「以地事秦，猶抱薪救火，薪不盡，火不滅。」此言得之。

齊人未嘗賂秦，終繼五國遷滅，何哉？與嬴而不助五國也。五國既喪，齊亦不免矣。燕趙之君，始有遠略，能守其土，義不賂秦。是故燕雖小國而後亡，斯用兵之效也。至丹以荊卿為計，始速禍焉。趙嘗五戰於秦，二敗而三勝；後秦擊趙者再，李牧連卻之；洎牧以讒誅，邯鄲為郡，惜其用武而不終也。且燕趙處秦革滅殆盡之際，可謂智力孤危，戰敗而亡，誠不得已。向使三國各愛其地，齊人勿附於秦，刺客不行，良將猶在，則勝負之數，存亡之理，當與秦相較，或未易量。

嗚呼！以賂秦之地，封天下之謀臣；以事秦之心，禮天下之奇才；并力西嚮，則吾恐秦人食之不得下嚥也。悲夫！有如此之勢，而為秦人積威之所劫，日削月割，以趨於亡。為國者，無使為積威之所劫哉！

夫六國與秦皆諸侯，其勢弱於秦，而猶有可以不賂而勝之之勢；苟以天下之大，而從六國破亡之故事，是又在六國下矣！

月下獨酌　李白

花間一壺酒，獨酌無相親。
舉杯邀明月，對影成三人。
月既不解飲，影徒隨我身。
暫伴月將影，行樂須及春。
我歌月徘徊，我舞影零亂。
醒時同交歡，醉後各分散。
永結無情遊，相期邈雲漢。

山居秋暝　王維

空山新雨後，天氣晚來秋。
明月松間照，清泉石上流。
竹喧歸浣女，蓮動下漁舟。
隨意春芳歇，王孫自可留。

登樓　杜甫

花近高樓傷客心，萬方多難此登臨。
錦江春色來天地，玉壘浮雲變古今。
北極朝廷終不改，西山寇盜莫相侵。
可憐後主還祠廟，日暮聊為梁甫吟。

念奴嬌

蘇軾

大江東去，浪淘盡、千古風流人物。故壘西邊，人道是、三國周郎赤壁。亂石穿空，驚濤拍岸，捲起千堆雪。江山如畫，一時多少豪傑！

遙想公瑾當年，小喬初嫁了，雄姿英發。羽扇綸巾，談笑間、檣櫓灰飛煙滅。故國神遊，多情應笑我，早生華髮。人間如夢，一尊還酹江月。

聲聲慢

李清照

尋尋覓覓，冷冷清清，淒淒慘慘戚戚。乍暖還寒時候，最難將息。三杯兩盞淡酒，怎敵他晚來風急！雁過也，正傷心，卻是舊時相識。

滿地黃花堆積，憔悴損，如今有誰堪摘？守著窗兒，獨自怎生得黑！梧桐更兼細雨，到黃昏、點點滴滴。這次第，怎一箇愁字了得！

青玉案

辛棄疾

東風夜放花千樹，更吹落、星如雨。寶馬雕車香滿路。鳳簫聲動，玉壺光轉，一夜魚龍舞。

蛾兒雪柳黃金縷，笑語盈盈暗香去。眾裏尋他千百度；驀然回首，那人卻在、燈火闌珊處。

四塊玉　閒適　　關漢卿

南畝耕，東山臥。世態人情經歷多。閑將往事思量過，賢的是他，愚的是我，爭甚麼？

沉醉東風　漁父詞　　白　樸

黃蘆岸白蘋渡口。綠楊堤紅蓼灘頭。雖無刎頸交，卻有忘機友。點秋江白鷺沙鷗。傲煞人間萬戶侯，不識字煙波釣叟。

滿井遊記　　袁宏道

燕地寒，花朝節後，餘寒猶厲。凍風時作，作則飛沙走礫。局促一室之內，欲出不得。每冒風馳行，未百步輒返。

廿二日，天稍和，偕數友出東直。至滿井，高柳夾堤，土膏微潤，一望空闊，若脫籠之鵠。於時冰皮始解，波色乍明，鱗浪層層，清徹見底，晶晶然如鏡之新開而冷光之乍出於匣也。山巒為晴雪所洗，娟然如拭，鮮妍明媚，如倩女之靧面而髻鬟之始掠也。柳條將舒未舒，柔梢披風，麥田淺鬣寸許。遊人雖未盛，泉而茗者，罍而歌者，紅裝而蹇者，亦時時有。風力雖尚勁，然徒步則汗出浹背。凡曝沙之鳥，呷浪之鱗，悠然自得，毛羽鱗鬣之間皆有喜氣。始知郊田之外，未始無春，而城居者未之知也。

夫能不以遊墮事，而瀟然於山石草木之間者，惟此官也。而此地適與余近，余之遊將自此始，惡能無紀？己亥之二月也。

左忠毅公軼事　　方　苞

先君子嘗言：鄉先輩左忠毅公視學京畿。一日，風雪嚴寒，從數騎出，微行入古寺。廡下一生伏案臥，文方成草。公閱畢，即解貂覆生，為掩戶。叩之寺僧，則史公可法也。及試，吏呼名至史公，公瞿然注視，呈卷，即面署第一。召入，使拜夫人曰：「吾諸兒碌碌，他日繼吾志事，惟此生耳！」

及左公下廠獄，史朝夕窺獄門外。逆閹防伺甚嚴 ，雖家僕不得近。久之，聞左公被炮烙，旦夕且死，持五十金，涕泣謀於禁卒，卒感焉。一日，使史更敝衣草屨，背筐，手長鑱，偽為除不潔者，引入，微指左公處。則席地倚牆而坐，面額焦爛不可辨，左膝以下，筋骨盡脱矣 。

史前跪，抱公膝而嗚咽。公辨其聲，而目不可開，乃奮臂以指撥眥，目光如炬，怒曰：「庸奴！此何地也？而汝來前！國家之事，糜爛至此，老夫已矣，汝復輕身而昧大義，天下事誰可支拄者 ！ 不速去，無俟姦人構陷，吾今即撲殺汝！」因摸地上刑械，作投擊勢。史噤不敢發聲，趨而出 。後常流涕述其事以語人曰：「吾師肺肝，皆鐵石所鑄造也。」

崇禎末，流賊張獻忠出沒蘄、黃、潛、桐間，史公以鳳廬道奉檄守禦。每有警，輒數月不就寢，使將士更休，而自坐幄幕外。擇健卒十人，令二蹲踞而背倚之，漏鼓移則番代。每寒夜起立，振衣裳，甲上冰霜迸落，鏗然有聲。或勸以少休，公曰：「吾上恐負朝廷，下恐愧吾師也。」

史公治兵，往來桐城，必躬造左公第，候太公、太母起居，拜夫人於堂上。

余宗老塗山，左公甥也，與先君子善，謂獄中語乃親得之於史公云。